女人国伝奇《ありんすこく》

山田風太郎

目次

傾城将棋

籠の鳥足跡つくる八文字

入山形《いりやまがた》に二つ黒星、呼出しの花魁《おいらん》といえば、曾《かつ》ての太夫にあたるので、仲の町の茶屋に入るにも下るにも、定法どおり鳶《とび》の者が金棒を鳴らして通り、若い者が、その花魁の定紋のついた箱提灯《はこぢょうちん》をさげてゆくあとから、長柄《ながえ》の傘をさしかけられた花魁が禿《かむろ》ふたり、新造、三味線持ちの小女、夜具持の若者などをしたがえて、素足にたかい駒下駄をはき、絢爛《けんらん》として八文字をふんであるく。

「おお見さっせえ、なんとうつくしいものではござらぬか」

「まるで、普賢《ふげん》か、楊貴妃《ようきひ》のようでござる」

「いっそ鳥毛の槍持ちの欲しいところでござるて」

まだ真昼なので、仲の町の往来には、屋敷の門限というもののある勤番の武士が多い。が、みるからに廓《くるわ》の笑いものになりそうな武骨な浅黄裏の田舎侍も、その花魁の名をきくと、

「おお、あれが松葉屋の薫《かおる》か」

「されば、蜀山人《しょくさんじん》がひいきにしておるという――」

と、さも腑《ふ》におちたようにうなずき、真黒な鼻の孔と口をぽかんとあけ、うっとりとそのあとを見送るのだった。

「全盛の君あればこそこの廓《さと》は花も吉原月も吉原」

と、先年蜀山人にうたわれた花魁薫は、その美玉のような顔をおしげもなく春風になぶらせながら、悠揚としてあるいている。その髪に弥陀《みだ》の毫光《ごうこう》のようにさした玳瑁《たいまい》の櫛や珊瑚《さんご》の笄《こうがい》に、また牡丹《ぼたん》に唐獅子《からじし》を金糸銀糸で縫った裲襠《うちかけ》に、桜吹雪がちりかかる。

華やかに茶屋から、江戸町一丁目の店にもどって、青いのれんをくぐると、薫はまず、何よりもはやく、

「大田の御隠居さまは、どこにいなんすえ？」

といった。まるで、父を呼ぶように、はずんだうれしそうな声だった。

大通人の名にそむかず、若いときは廓で鳴らし、実際にこの松葉屋の新造三穂崎を身請《みう》けしたこともある蜀山人、大田南畝《なんぽ》も、さすがに七十ちかいこのごろでは、めったにこの巨大な人肉の市に姿をみせることはない。

ただ、彼がいまでもときどきやってくるのは、廓の亭主連が、みずから加保茶元成《かぼちゃもとなり》だ

の、蔦《つた》の唐丸《からまる》だの名づけてよく狂歌会をもよおすのと、それから、それよりも、薫が、若き日の幸うすかりし南畝の恋人、二穂崎の面影に一肌似かようところがあるといわれるせいだ。——と彼女は知っている。いうまでもなくいま蜀山人が薫をひいきにしているのは慈父の愛にちかい。ひと筆はしらせて提灯をもっただけで、料理屋だろうが菓子屋だろうが、ただちに江戸の名物になるほどの力をもった蜀山人が、薫にあれほど豪華な讃歌をあたえたのもその愛からである。

奥の座敷に通ってみると、主人の半蔵が最大の好意をこめてくり出した、花魁、新造、禿、幇間《ほうかん》にかこまれて、大田の隠居は、いつものように、おっとりとにぎやかに遊んでいた。

薫の姿をみると、引込禿《ひっこみかむろ》のさくらがとんできて、

「あのね。……あのね……あのね」

声をひそめて、けれど少女らしく息をはずませていうのであった。

「きょうは御隠居さま、……あのお散切《ざんぎり》さまのお迎えよ。お散切さまのお兄いさんとかをつれていらっしゃったの」

薫は、まあ、とも、そう、ともいわないで、じっと座敷をみた。客は蜀山人だけでは

ない。傍にもうひとり三十あまりの、町人風の男が、窮屈そうに坐っている。お散切さまの兄とやら、なるほどよく似た大家の若旦那風だが、はるかに、きりりとしまって、勝気でまじめな、浅黒い顔だちだった。

「ほ、いつに変らぬ艶《あで》やかな」

なにやら、幇間の志庵《しあん》といい合っていた南畝は、眼をあげて薫をみると微笑した。もう歯がなくなって、白髪のまげをちんまりとうしろにむすんで、君子の風格があるが、やや角ばった顎とよくひかる眼に、いまだ衰えない皮肉な叛骨《はんこつ》がみえる。

「御隠居さま、よくおいでなんした。せんだって、お役所へおいでの際、神田橋でおころびになったと、ききんしたが、おからだはどうでありんすえ?」

「ははははは、いやもうこうなっては、ながくはないぞ。それにつけても、勘定所などで死にたくはないな。できればここで卒中でも起したいところじゃが、そうもならず、実はそれでおまえにきょうは遺品《かたみ》をやろうと思ってな」

「おきなんし、えんぎのわるい」

と、薫は、蜀山人の膝《ひざ》をたたきながら、ちらっと床の間におかれた高さ一尺五寸余の桐の箱をみる。箱の正面は明け障子のけんどん蓋《ぶた》になっていて、その下に「気儘《きまま》」とかいた小さな札が下がっていた。

「うぐいす?」

「おお、鶯《うぐいす》も鶯、向島の梅本の品定めで、東の一の位にすえられた名鳥じゃそうな。実はこの本石町《ほんごくちょう》の秩父屋《ちちぶや》の若旦那からいただいたものじゃが、この耳の遠い年寄には、せっかくの名鳥が可哀そうじゃ。それよか、江戸一の名花、薫太夫の花蔭《はなかげ》でさえずることそふさわしいと思ってな」

南畝が、桐の籠桶《こおけ》の明け障子をひくと、なかから可憐な眉斑《びはん》のある小さな頭がのぞいて、たちまち、キキチョ、キキチョ、ホーホケキョ、と珠をころがすような美音が座敷にひびきわたった。

「まっ可愛い――」

古金襴《こきんらん》の鴛鴦布《おしどりぎれ》の三ツ蒲団《ぶとん》を贈られても、そこへおきなんしというばかりのほこりたかい薫が、思わず、われを忘れて、にっこりと傾国の笑みをその秩父屋の若旦那にむけると、ほとんど茫乎《ぼうこ》として薫をみていた彼は、突然われにかえったように、はっと腕をこわばらせて畳についた。

「お初にお目にかかります。手前は秩父屋の関之助と申します。弟の小七がつねづね、お世話に相成り……」

「いいかげんになさいよ、若旦那、禿《かむろ》がゲタゲタ笑ってますぜ。どうもこまったな、この人には、江戸にこんな珍品があろうとは愚拙浅学にして知らなんだでげす。――ええ、花魁え、この若旦那はねえ、まだいちどもこのアリンス国へ御渡来になったことがないという罰あたりだそうで――」

撥鬢《ばちびん》を扇子でたたいて、幇間の志庵がしゃしゃり出た。

「よしなんし、志庵さん、来ぬが粋《いき》とはいみじくも申したりとやら申しんす」

と、薫はやさしくたしなめたが、志庵はなかなかきくどころではなく、

「よく聞かっし、この若旦那のおっしゃるには、骸骨《がいこつ》の上を粧《よそ》うて花見かな、という鬼《おに》貫《つら》の句がよい教えだそうで、少女などは紅粉《べにおしろい》を粧って美しくみえるが、一皮むけば、あなめあなめ白骨のさまとなる。ましてや遊女などは、一双の玉手千人枕し、半点の朱唇、万客嘗《な》む――とんと臭骸を抱いているようなもので、そんなくされ金はつかいにこぬと。いやいったりな、でげす。なるほど花魁はみんな洒落《しゃれ》ていなさるから、しゃれこうべ、へへっ、あたしがきいたらこう洒落てすませるようなものの、この廓にきて、よそできかれりゃ、若旦那の命はない」

怒るかと思いきや、薫は胸に手をいれて、じっとうなだれた。そのながいまつげに白い露がたまった。

志庵は眼をぱちくりさせて、毒気をぬかれかかった態であったが、騎虎の勢い。

「いやもう、ことばに絶えたる野暮天《やぼてん》の骨頂、わからずやの親玉。それをまた、こはいかなこと、この大通人の御隠居が妙に若旦那の肩をもって、野暮の効用をお口にあそばす。花魁え、ゆめゆめ御油断なさるなよ、きょうの御隠居は花魁の敵らしゅうげすぜ」

「……いいえ、ほんに若旦那のおっしゃるとおりざます」

と薫はうすく涙のひかる眼をあげて、鶯の籠桶をみた。それからしずかにたちあがって、この籠桶をとりにゆくと、そのまま座敷から廊下にでて、欄干の傍に立った。

「花魁、ど、どうなすったんで？」

と、志庵はきょとんとして見送っている。

秩父屋の関之助も、まじまじとふしんげな眼をそそいでいた。

「気儘……、気儘……、気儘……」

薫は三度鶯の名をよんだ。梅本の鶯品定め会で東の一の位にすえられたとあれば、おそらく将軍でさえ垂涎《すいぜん》のまととなるであろう名品である。

「御隠居さま、これをわたしにくださるとは、謎かけでおざんすね。わかりんした。おお、可愛いや、鶯にしてみればたとえ金銀の籠に入れられるより、蒼いひろい天へ放された方が、どんなにうれしゅうありんしょう。……そうら、はやくにげなんし」

　そういったかと思うと、細い手が籠桶の障子のみならず、なかの鳥籠の口をもひらいたのであろう、一颯《いっさつ》の羽ばたきがおこると、欄干から大空へ、鶯色というより黄金色《きんいろ》の虹がまいあがって、それから高い春の雲のはてから、あの弄玉の笙《しょう》にも似た美しい声がふって来た。みんな、あっと声をあげるまもない出来事で、茫然とした眼を背に、遊女薫は、微笑して蒼い天をあおいでいた。

「鶯でさえ、気儘が好き、わたしたちは……いえいえ、ましてかたぎのお客さまを、廓の籠にとじこめておくのは、汚れたわたしたちの分際には大それたことでありんした……」

　彼女はそうつぶやいて、ふりかえって、関之助をみた。

「ほ、ほ、賢《かしこ》いおかたい兄さんに免じて、お散切さまの小七さんはゆるしてあげんすにえ」

怖いこと髪切丸を女郎持ち

廓には天下の大法も手をつけられない、不文の廓の法がある。たとえば、無一物で遊興したような客は、唐丸籠《とうまるかご》そのままの桶をかぶせて、大道の晒《さら》しものにするとか、また馴染《なじみ》の遊女にわたりをつけないで、おなじ妓楼のほかの女郎に手を出したりすれば、その女郎はたちまち等級をおとされて、折助や鼻欠けのあつまる、東西のおはぐろどぶ沿いの下級な切見世に放逐されるのみならず、その客も、髷《まげ》を散切にされて、女の振袖をきせられ、うす暗い空部屋に監禁される。

ここに、薫の馴染に、日本橋本石町の大きな紙問屋秩父屋の次男坊で小七という道楽息子があった。上野の仁王門ほどにぬきあげた額《ひたい》にべったり青黛《せいたい》でうす化粧をして、いつも左の手で裾《すそ》をつまんであるいている姿は、唐傘をわすれた助六の亡魂みたいな色男で、そのうえ、無限に金をもち出して通ってくる。千度ふって、薫はついにおちた。金におちたのではなく、あわれみの情にほだされたのだった。色という名がつけば、はじめいやと思っても、色という名にひかされるのか、女ごころはふしぎなもので、「薫ともある傾城が、あんな馬鹿息子に、あれあのように達引《たてひ》かいでも」

とかげ口をいわれても、薫は笑っていた。

「馬鹿といわれる人ほど可愛ゆうおざんす。これほど実になってかようお客を、むごいと思わずふりぬくようでは、女郎の冥利《みようり》につきんすえ」

――しかし、馬鹿につける薬はないもので、この半月ばかりまえ、小七はひょいと新造の山弥に手をつけた。そのうえふたりとも、妙につむじのまがった理屈をこねて薫にさかねじをくわせるので、山弥は一ト切百文の羅生門河岸《らしようもんがし》におとされ、小七は散切の私刑をうけたわけである。

たとえ兄がこようと親がこようと、おいそれと、ゆるすことのできない廓の法であるが、蜀山人の謎がきいたか、まだ小七の放免を乞う口もきかないうちに薫はゆるしてしまった。

それを、あっけない、と思うより、さすがに、弟とちがってしっかりしたところのみえる関之助は、薫のあしらいに感動したらしい。

「いや」

と、ふりあげた顔をあかくして頬に手をあてていた。

「わたしは……どうも廓や花魁をかんちがいしていたらしい。これほど花も実もある

――」

「しゃれこうべ、でありんすかえ？」

と薫は笑った。関之助はいっそう誠実に狼狽《ろうばい》して、

「いや、いや、ここへきて、この花魁をみて、はじめて小七があの仕置《しおき》をうけるのも当然のむくいかもしれぬと思いあたりました。よくまあ、あの馬鹿者をいままで呆《あき》れもせず相手にしておくんなさいました。……先生、大田先生、思いあぐねて先生のお助けをかりにいきましたようなものの、はて、こうされてみると、小七はまだ十日や二十日こらしめをうけている方が当人の身のためかもしれませんねえ……」

「はははは、これはお前さんともある人が、そう感服してしまっては、木乃伊《ミイラ》とりが木乃伊になるおそれができたな」

「いえいえ、さっきの花魁の悪口雑言が消えも入りたいようでございます。野暮は野暮なりのうぬぼれももっていましたが、いまはまったく恥ずかしさいっぱいで……」

「もし、関之助さんとやらえ、わたしはおまえさんが野暮でありんすから、小七さんをゆるしてあげんすのにえ。もしおまえさんが通がるお客であれば、決して決してききいせん。……どうぞ、おまえさん、これからも、きっと野暮を通しておくんなんしょ」

関之助は恐縮して、ぺこぺこした。

まもなく、遣手《やりて》と二三人の新造や禿に案内されて彼が弟の監禁されている部屋へ去ると、あとは酒盛りとなる。志庵はまだ口をとがらせていた。

「一ぷく拝領」

と志庵は薫からうやうやしく銀ぎせるをおしいただいて、

「いやどうもおどろきいった野暮天でげすな、瓜《うり》のつるに茄子《なすび》はならぬそうでげすが、あの秩父屋にはおなじつるに干椎茸《ほししいたけ》と熟柿《じゆくし》がなったようなもので……弟御の方はこりゃまたしまりがなさすぎるが、あの関之助さんの方は、あの年になって廓に来るのが弟の受出しにきた今日がはじめてとは、そもそも、あのあんぽんたん、なんのたのしみあって、この世に生まれ出でたのか。……」

「ははは、しかしな志庵さん、あの若旦那はかたいことはかたいが、おまえさんの思っているほどあんぽんたんでもないぞ。父御がはやくなくなって、店やら、あの道楽者の弟の世話やら、親代りのはたらきに夜も日もないだけで、まじめのなかにもなかなか洒落気もある。ああいうのが、店の肩でもぬけて遊び出したらほんとうの通になるものじゃて」

「ほんに、きてほしいお客はこず、きてほしくない客はくるもの……」

と、薫はつぶやいて、紙で蛙《かえる》を折っている。この蛙の背に名をかいて、人目のかからないところへ針でさしとめておくと、きっとその人がくるというのは吉原の遊女の迷信だった。

「薫、その蛙に、秩父屋関之助の名をかいても、あれは来んな」

と、蜀山人がにやにや笑うと、薫もさびしげににっこりする。

「あい、きなんせん方がようおざんすにえ」

そのとき、新造のひとりがあがってきて、秩父屋の兄弟が店を去り、禿のさくらが大門口まで送っていったことを告げた。

「それで、向うがかたづいたが、山弥の方は可哀そうに」

南畝がふと洩《も》らすと、薫は叱《しか》られた小娘みたいに頬《ほお》をあからめた。

「あい、わたしもあれまでにする気はござりいせなんだが、あまり理屈をいわんすゆえ、吉原じゅうの見せしめのために。……」

「いや、それはわかっておるわさ」

「実は、このごろ山弥さんに悪いお馴染ができて、しょせんは山弥さんの身のためにならぬと思い、切れた方がようおざんしょうと、いつかわたしがさしで口をしたのが、あの人の気にさわっていたのでありんしょう」

「ほ、山弥に悪い馴染。どんな奴だな」

「まえは、ろ組の鳶《とび》であったとか、いまは遊び人の和泉屋次郎吉《いずみやじろきち》とかいうまだ若いひとでおざんすが、わたしのみた眼では、たしかにただ者ではありんせん」

するとそこへ、秩父屋の兄弟を送っていったさくらが、ばたばたとかけもどってきた。

「あのね、あのね、あのね……」

禿《かむろ》特有の早打のことばをはきながら、さくらは薫の耳にじぶんの口をもっていった。みどりの髷の上にはねあげた花元結《はなもとゆい》が、薫の珊瑚《さんご》の笄《こうがい》にものものしくふれると、薫の顔いろが変った。

「そう、たしかにいいなんしたか？」

薫はじっと白いおとがいを襟にうずめていたが、やがて片手がするすると床の間の硯《すずり》にのびる。

「なんじゃな？」

と、その様子に異常なものを感じて南畝が顔をむけると、さくらはちょっと気の毒そうに薫をみて、それから息をはずませていうのであった。

「さっき、おいでなんした関之助さんが、大門口へお散切さんとあるきながら、笑っていいなんすには、おいらは野暮だが、野暮もてれんてくだにまさることがある。薫ほどの花魁にはりあうには、四角四面の野暮よりほかに法はない。……したが、野暮にも野暮の意地がある。小七、おまえのばかをおいらがもうすこし達引いてやる。あの孔雀《くじやく》みたいに高慢ぶった薫の鼻をあかすために、おまえのために河岸におちた山弥を、とことんまで見てやんな、って……」

「あっ」

さすがの蜀山人の顔に、みるみる困惑の色が浮びあがった。

「ああ、やっぱりいかん。上手の手から水がもれたか。わしはあの関之助を買いかぶっていたかもしれん。……」

いったん緋牡丹《ひぼたん》のようにもえた薫の顔は、いまや白じらと冴えて、そのかわり、眼に異様なひかりがともり、唇に妖艶《ようえん》きわまるうすら笑いが浮びあがっていた。

彼女は筆をとって、紙の蛙の背にかいた。

「ちちぶや関のすけ」

苦肉の計略香箱に小指なり

松葉屋から出た廓飛脚《さとびきやく》が、そっと本石町の秩父屋に入ったのは、それから四五日たってからである。

弟の小七なら、ともかく、関之助が、なまめかしい紅筆の文などをもらったのは、へその緒きってはじめてだろう。小七さまの件につき、密々におねがいしたいことがあるゆえまげてお越しあそばされたく……その文に、ちらっと苦味ばしった笑いが関之助の片頬に浮かんだのは、それを信じたわけでもあるまいが、その夜彼がふたたび大門口で四ツ手籠《かご》をおろしたのは、好奇心か、それとも彼さえはっきり気がつかない運命の魔物にひかれてか。

関之助は眼をみはった。薫の美しさは、最初みたときから息をのむほどであり、むしろ反撥をおぼえたくらいであったが、その夜の薫は、まるで小娘のように、恥じらい、ういういしかった。

「いえいえ、実は小七さんの用ではありんせん。わたしとしたことが、あの日、おまえさんをひとめみてからというものは、ゆめのあいだにもお顔がちらつき、意地にもがまんがなりいせん。……こんなことをいえば、かしこいおまえさんのこと、さぞ女郎のてれんてくだと思いんしょうと、恥ずかしさに生命もきえるほどでおざんすが……なんと思いんしょうと、薫はかまいいせん。どうぞ今夜ひとやだけでも、わたしとつきあっておくんなんし。……」

これだけいうにも、薫は畳をむしり、頰にもみじをちらし身体をよじって、いまにもたそや行燈《あんどん》の灯影に消えいるようだった。

さすがに関之助はそれを真っ向から受けとるほど白痴《こけ》ではなかったけれど、場なれぬ彼はこれをあしらう軽口ひとつたたけなかった。ただこの妖精にも似たあでやかな生き物の、甘美きわまるくどきに抵抗する勢いをつけるために、がぶがぶと酒をのんだ。

まるでうす紅色の靄《もや》のなかにひきこまれてゆくような一夜だった。気がつくと、関之助は燃えたつような縮緬緞子《ちりめんどんす》三ツ蒲団にねかされていて、その御簾紙《みすがみ》を口にくわえ、枕もとの屏風《びょうぶ》に片手をかけてにっこりとのぞきこんでいる薫の妖艶な姿をまぼろしのようにみた。

「寝てはいやでありんすえ」

……やわらかに入ってきた緋縮緬の長襦袢《ながじゅばん》につつまれたたおやかな身体は、ほとんど人間とは思われず、暖かな香りたかい珠のようだった。

「あれ、そんなに焦《じ》らさずと……ああ、もうどうさげすまれてもしかたがない」

　関之助は、薫にぴったりからみつかれた。

　利口な男だったが、吉原全盛の花魁が、渾身《こんしん》のちからをあげての秘戯の蜘蛛《くも》の網からのがれ出でるすべがあろうか。かたい男ほど溺《おぼ》れれば盲目になるという世の諺《ことわざ》どおり、秩父屋関之助はどす黒い恋の炎におちた。

　それからまもなく、毎日のように、隅田川を猪牙舟《ちょきぶね》で吉原にいそぐ関之助の姿がみられるようになった。ほととぎすが鳴き、七夕が来、草市がたち、廓々《くるわくるわ》に玉菊燈籠《どうろう》がともるようになるにつれて、関之助のこしらえが、刷毛《はけ》さきのちょいとまがった本田あまに銀ぎせる、八丈の下着に緋ぢりめんの襦袢、やき桐の日和下駄《ひよりげた》といっぱしの色男らしく変っていった。

　全盛の薫を真正面から張ってたまるものではない。本人の衣裳調度はいうにおよばず、襖《ふすま》障子の張替から畳がえ、まわり女郎や新造やりて、茶屋のつけ金から船宿や、わかい者、お針、風呂たきにまで心づけをわすれてはならない。これに弟の小七がいよいよ図にのって阿呆をきめこむときているのだから、吉原じゅうに花をふらせて秩父屋は火の車になった。身代をつぶすのは骨のおれないものである。

それでも関之助は夢中であった、分散《ぶんさん》が眼のまえにちかづけばちかづくほど、いっそうやけくそに、きちがいじみて薫にそそぎこんでいった。

暮ちかくなって、関之助に最後の打撃がうちおろされた。薫が、或る薩摩《さつま》の侍に身請されそうなという話が起ったのである。なんでも毎年江戸に出てくる薩摩の大坂蔵屋敷の用人が、ぞっこん見染《みそ》めて手生けの花としたくなったらしい。

「ま、まってくれ一

関之助は、眼を血ばしらせていった。

「こうなったら、おれも意地だ。高利の金をかりてなりとも、そうはさせねえ」

薫は、どんなにかなしげでも、呪《のろ》われたほど華やかさを失わない笑顔ですがりついた。

「もし、かならずわたしをにくいと思っておくんなんすな。わたしが杖とも柱とも思うは、ぬしのほかにはおざんせん。そんなら、関之助さんなんとか都合しておくんなんすえ？」

「しれたことだ。どうでもする気だわえ。金はきっと、工面《くめん》してくる。しかし、そのあと……おれは当分ここにゃ来られねえかもしれねえ。もういちど死身になって店を盛りかえしきっとまたくるつもりだが、おまえ、そのあいだ、待っていてくれるか？」

「待ちんす。きっと待ちんすとも」

「う、うそじゃあねえな」

「ばからしい。疑いんすなら、もし、指を切ってもようおざんすにえ」

関之助の顔は真蒼《まつさお》になって、眼ばかり熱病やみのようにひかっていた。

起請文《きしようもん》はいくらでもかけ、爪剝《つめは》ぎ、髪切りも日がたてば生え、刺青《いれずみ》もまたやき消すことができるが、指をきって相手におくれば生涯の片輪となる。これは遊女にとって、思う男への最大の心中立であった。

いや、おまえの心底はよくみえた、と関之助は尻ごみをしたが、薫はむきになって、指をきることをいいはって、介錯人《かいしやくにん》をさがしに廊下へ出ていった。

「へへっ、手をきると指をきるとは大ちがい。――こわいほどうれしい話じゃござんせんか」

まもなく、幇間の志庵がひっぱってこられた。つづいて禿のさくらがおっかなびっくり、剃刀《かみそり》、血留、気付薬、呑水、指の包紙などの指きり道具一式を抱いて入ってくる。

白魚のような薫の小指が箱枕の上にのせられ、剃刀があてがわれた。

「よくみていておくんなんし」

薫が凄艶な笑顔をふりむけたとたん、志庵がふりあげた鉄瓶をはっしとうちおとし、ぱっと行燈に小さな血しぶきがかかった。

「うっ」

さすがにうめいて、薫はがっくりと頭をふせる。志庵はすかさず薫の手に紙をかぶせながら、きょろきょろして、

「さくらさんや。指はどこへとんだかな。こないだ、或る花魁の指きりで、指がどこかへとんでどうしてもみつからず、きのどくなことに、もう一本紅さし指をきったことがあったっけ。よくさがしておくんなさいよ」

「ここにありんした」

さくらは衣桁《いこう》のかげから、血まみれの小指をひろいあげた。十中九人までは気絶するそうであるが、さすがに薫は水をのみ、指の手当を志庵にうけると、きりとられた指を

白紙につつみ、香箱にいれて関之助の前にさし出した。

「もし、ぬしさんえ。よくあらためて受取っておくんなんし」

関之助の方が失神しそうな顔いろで、うつろにひらいた瞳で女の笑顔をみつめ、幽霊みたいに部屋の隅にちぢこまっていた。

江戸ッ子の胆鳳凰《きもほうおう》の餌食《えじき》なり

関之助は約束したとおり金をもってきた。

そしてついに秩父屋が分散したという噂《うわさ》がつたわった。

——いや、噂ではない。実際に、まるで乞食のようになった関之助の姿が見えはじめた。当分廓にはこない、という方の約束は、彼は忘れたらしい。

忘れたのではあるまい。ただ、痴情が、憑《つ》かれたように彼の足をとぼとぼと運んでくるのだろう。しかし、この町は一文の金もなければ、義理や人情の通用するところではないことを彼は知っている。第一、薫の顔をひと目なりと見ようと思っても、まわりが逢わせないのだ。こがらしに吹かれて、松葉屋のまわりをうろつく関之助の姿は、まるで野良犬のようであった。

年をこえて、春三月、また仲の町に桜をうえる季節となる。

雪洞《ぼんぼり》に、緋の雲のように映える夜桜の下を、例のように禿や幇間にかこまれて、しゃなりしゃなりと駒下駄をはこんでいた花魁薫は、ふと桜の枝からさがった凧《たこ》の糸のきれはしに笄をからまれて、思わず袖から手を出して髪へあてがった。

そのとき、群衆のなかから、誰か、たまぎるような驚愕《きようがく》の声をつっぱしらせたものがある。

「あっ。……指が……」

夢中になって人々をかきわけてまえに出ようともがいている男の頬かぶりのかげからひかる眼の凄《すさま》じさに、幇間や禿がさっと薫をとりつつむ。——関之助であった。

「指が……指が……」

ひとびとは、その恐ろしいうめきと視線のゆくえを追って笄へあてた薫の美しい指をみたが、しばらくなんのことやらわからなかった。

薫は髪にかざした手をそのままに平然として、星のような眼で関之助を見つめていた。その落着きに安堵《あんど》して幇間志庵がしゃしゃり出た。

「ええ、秩父屋の若旦那え……お久しゅう」

わざと、ぬけぬけとした顔をつき出したが、こわいものだから、へっぴり腰で、夜桜のころというのに忙がしく扇子をバタバタさせて、

「分散の礼にあるくは色男——あっ、いや、これはオツなお姿で夜桜見物でげすな。こう、御尊顔を拝したてまつるところ、御機嫌いよいようるわしく、志庵まことに恐悦至極」

ベラベラと、油紙に火をつけたようにでたらめをしゃべりかけたが、そのとき四郎兵衛会所から鳶の者が二三人ばらばらと走ってきたのに安心したのと、

「花魁の指は、五本あるなあ」

と、ぼんやりつぶやいた秩父屋関之助の声が、存外しずんでいるのに、薄いとなれぬ太鼓持の面《つら》の皮を扇子でぴしゃりとたたいて、

「へっへへへへ」

と、ばかにしたように笑い出した。

「あれ、若旦那はまあ、まだ御存知じゃあなかったんですかえ、あの指きりのとき、鉄瓶をふりおろすまぎわに、あたしが剃刀をずらしたのを。……そりゃ血はでましたさ、

赤い血はでましたが、指なんかとびやしません。傷がなおりゃ、それ、あのとおり白魚のようなお手々。……」

「おれにくれた、この指は？」

と、関之助は懐に手をつっこんで、かすれ声を出す。

「へ、へ、そいつは五両で買った指で」

「なんだと」

「お職の花魁がいちいち心中立をしていちゃあ、指は百本くれえあっても足りゃあしませんよ。それ、あのとき、どっかのお女郎が指を二本きったという話をしましたろうが、お茶挽女郎《ちゃひき》は、そうでもしなけりゃ、おまんがいただけない。むかしから廓にゃよくあるたぐいだが、若旦那は御承知じゃありませんでしたかえ？　へっ、へっ、吉原はおっかねえところで」

関之助は沈欝《ちんうつ》な眼で薫を見つめた。

「そう、みんなでよってたかって、おれをだまくらかしたなあ、なんのためだ？」

薫は、花と雪洞の浮動する、ひかりの斑《ふ》のなかに、声もなくにんまりと笑った。

「関之助さん、だましたのは、どちらでありんすえ？　小七さんを散切にしたとき、わたしは、ぬしの野暮に免じて許してあげたのでおざんした。それを、ぬしは、薫を野暮でだましてやった、薫の鼻をあかすために山弥を張りぬいてやれと小七さんをそそのかしなんしたとやら。そんなてれんてくだの詰将棋《つめしょうぎ》ならお手のもの、そんならと女郎の意地にかけて、金銀とって、とうとう王手とつめてあげんした。ほほほほ、とっくり思い知りんしたかえ」

人々が、どっと笑うと、桜吹雪がちった。寛濶《かんかつ》に、冷やかに駒下駄をふんでる花魁は、まるで天華《てんげ》ふる下の、菩薩《ぼさつ》のようにもみえ、また地獄の妖姫《ようき》のようにもみえた。

——花車《だし》のようにおごったその一団が去り、なお夜のないもののごとくゆきかう吉原ぞめきのひと波のなかに、秩父屋関之助は、いつまでもいつまでも小石のようにつっ立っていた。

……

——その関之助が、もういちど薫のまえに姿をあらわしたのは、十日ばかりのちである。

その夜どやどやとくりこんできた風流人の一行のなかには巨大な雷電関《らいでんぜき》の姿もみえたが、その統領は、例の蜀山人であったが、座敷にあがって、酒盛りとなったその席へ、例のようににぎやかに鳴りこんだ幇間の志庵は、ふと隅っこの方をみて、ぎょっとした。

縄のようながら縞ななこの帯、毛のすりきれた黒天鵞絨《ビロード》の半えり、黒つむぎの小袖の下には、うす黄色くなっているようだが、ともかく緋縮緬の襦袢をきこんでいるらしい。おちぶれてはてた、けれど、ようよう形だけは通な遊び者らしくつくって、関之助が座にまじっておどおど坐っているのである。

（ちくしょうめ、御隠居に泣きついてきたな、みれんな男じゃ）

しかし花魁薫は平然としている。そこに関之助がいるのも眼中にないかのように、七尺の巨人雷電が禿の千鳥と坐り相撲をとって、大仰《おおぎょう》にひっくりかえっている無邪気な姿に、はなやかな声をたてて笑っていた。

（大田の御隠居もおひとがわるい、秩父屋が花魁にいれあげて身代限りをしたことも、関之助がふられたことも、みんな知ってなさるだろうに、あれ、あんなにすましてら）

酒席では、なにかのはずみで、おととし千住の中屋でひらかれた酒戦会の想い出ばなしが出ていた。蜀山人は、文晁《ぶんちょう》や抱一《ほういつ》や鵬斎《ほうさい》などと同席してその見物にいったからである。

「わしも酒量では人後におちん方じゃが、いや、あそこにきた飲み手どもにはおどろいた。市兵衛という百姓は焼とうがらしをさかなに四升五合飲みよったし、小山宿の佐兵衛は七升五合……そうそう、この仲の町の大野屋の御亭主大熊老も出て、たしか一升五合のんでいったわ。あれは去年本卦《ほんけ》がえりをすませたはずじゃが……」

「ほ、ほ、そのうえかえりみちに、小塚っ原の岡場所であそんでいきいしたそうでありんすえ」

「は、は、とんだ実盛《さねもり》」

そんな話からいかもの食いの話になり、ふと南畝が妙なことをいい出した。

七合入りの盃で胡椒《こしょう》がいっぱい食えるかどうか、ということである。

「けっ、そんな、ばからしい、よしなんし、でげす。それができたら、不肖《ふしょう》志庵の御首献上つかまつる」

「そんな汚ないがん首などもらって使いみちにこまる。がじゃ。もしこの薫花魁が生涯の色としてくれる、というような褒美があれば――」

「わっ、それならひとつ、このわしがやってみようじゃごんせんか」

禿とあそんでいた元大関雷電が、突然膝をのり出してきたので、みんなどっと笑い出した。

薫はうす笑いした。

からかうように、

「関取、やって見なんすかえ?」

闇の夜も吉原ばかり月夜哉

もう引退してから六七年たち、五十の声をきいている雷電であったが、不世出の巨軀《きよく》はなお怪物的ですらあった。

まじめか冗談かわからぬ蜀山人の提案が、この稚気《ちき》満々たる怪力士が、一座にあったことで、瓢箪《ひょうたん》から駒が出て、急に七合の胡椒が盃に盛られて、ほんとに座敷に出されることになったのである。

「ようごんすな、花魁。きっとわしを色にして下さるなら、これを食ってみせましょうわい」

ぎらりと眼をむいて、盃をとると七合入りの盃が掌にすっぽりきえそうである。

志庵は扇子を軍配《うちわ》のかたちにかまえて、しゃしゃり出た。

雷電は悠々と盃を口のそばへもっていったが、急にそのとき、噴火山のようなくしゃみをした。

「わっ」

頭をかかえるいとまもあらばこそ、志庵は真向から胡椒の風をうけてひっくりかえる。朦々《もうもう》と白い煙がたったかと思うと、それからは、家鳴震動するような雷電のくしゃみと狐の百日咳《ぜき》みたいな志庵のくしゃみの交響楽だった。

抱腹絶倒の笑いの渦巻にまきこまれる鉄砲のように、そのとき座敷のまんなかに、つ、つ、つ、――とすべり出してきたものがある。秩父屋関之助だ、と気がついたとき、いきなり彼は、まだ五合はたしかにあろうとみえる胡椒の大盃をとりあげ、顔をあおのけにしてぐゎっと口に入れてしまった。

「あっ」

思わず蜀山人も立ちあがっていた。とたんに関之助はむせて、眼を白くつりあげてひっくりかえった。

みんな総立ちになって、動顚《どうてん》した。南畝の叫びに禿がとびたって、顔に水を吹きかける。やりて婆が口をわる。

「なんか、薬はないか——」

「医者を呼べ」

という騒動である。関之助の恐ろしい苦悶《くもん》ははじまっていた。咳《せ》いては七転し、八転しては咳く。その口のはしに血泡のようなものがにじみだしてきた。

やがて大門乗打ちの籠《かご》で医者がとんでくる。しかし、医者もどうしようもなかった。おろおろとして、

「とにかく、はやく吐かせねば——」

「だから、いっしょうけんめいに口を割っているんじゃが、よく吐けないのじゃ。なにか、はかせる薬はないものかな」

と蜀山人も弱りきっている。もういちど、ひとめ薫をみたいという関之助をあわれんで、そしらぬ顔で一座に加えてやったがこんなことになろうとはゆめにも考えなかったのだ。

「そうだ」

と、突然医者は膝をうった。

「ただひとつ、吐かせる法がござるわい。まことに尾籠《びろう》なはなしじゃが」

「それは？」

「人間の糞をくうことでござる」

みんな異様にひんまがった顔を見合わせた。

しばらく、なんの声を出すものもない。

そのあいだにも、関之助はのたうちまわっていた。笑いごとではないむごたらしさであった。畳にくいいる指さきは、もう鉛色にかわってきている。やっと、蜀山人が、うめくようにいった。

「……やむをえん。生命にはかえられぬ。その手当をほどこしてみることにしよう」

――それでも、誰もうごく者はなかった。またぶきみな沈黙の一刻がすぎる。そのとき、ふっと蜀山人は、関之助の唇がゆがみ、わななくのを見た。声は出ない。

「なに、なに、なんという？」

右手の指がにぎられて、ゆらゆらと浮き沈みする。

「おお、筆か。なにか書きたいのか？」

ようやく、そう判断して、南畝は関之助の手に筆と紙をあてがった。

筆はみみずのようにねじくれながらこう書いた。

「もしくそをくわいでかなわぬものならば薫さまのくそがのぞみ——」

——その花魁薫は、じっと片腕を青畳にしき、顔を伏せたきり、身うごきもしなかった。ただ、その簪《かんざし》のかげから、滴々《てきてき》と真珠のようにひかりつつおちるものがある。

「花魁」

と蜀山人が呼んだ。

「この人の生命たすけてやって下さらぬか？」

「……もったいないことを」

かすかにつぶやくと、薫はすっとたった。

簪と涙が燦爛《さんらん》とゆれ、とうていこの世の人ともみえぬ、黄金の玻璃《はり》の精のような美しさである。

「恥ずかしいのなんのとは、ゆっくりあとで申しんす。はやく、はやくこのひとを、わたしの部屋にはこんでおくんなんし」

そして香りたかい匂いをながい裾にひいて、座敷を出かかりながら、亭主の松葉屋半蔵の方をふりむいて、

「御亭さん、わたしはこれから一生、このひとに傾城の誠をたて通しんす。色として養ってあげんす。もし、このひとが死ねば死にんす。——どうぞゆるしておくんなんし」

薫がきえ、関之助がはこび去られてからも、一座はしんとしていた。

やがて、獅嚙《しがみ》火鉢の傍で幇間の志庵が、思い出したようにまたくしゃみした。

「はあっくしょん、あたしも胡椒をだいぶくったが」

誰も同情の意を表しない。けれど、心の中では、誰もがあの薫の黄金色の糞にうずもれたいような欲望をかんじていた。

遠く、ちかく、女たちの唄声、三味のすががきの潮騒《しおさい》がよせてはかえし、不夜の廓はいよいよ明るくなってゆくようである。

もういちどこんどは、誰を笑わせようとも思わないでぼんやりと志庵はつぶやいた。

「雪隠詰《せっちんづめ》で色男の勝ち。——はあっく、しょい」

剣鬼と遊女

木曾殿と背中合せの寒さ哉

「もし」

小稲《こいね》は呼んだ。

「もしっ、どうおしなんしたえ？　御隠居さま。……」

御隠居は、なお、うなり声をたてていた。まるで、地獄の底からはいあがってくるような、気味わるい声だ。青黒い額《ひたい》からこめかみにかけて、あぶら汗が、ふつふつと浮かんでいる。

ああ、やっぱり——と思うと、小稲はぎょっとしてはね起きた。この声だ。三千歳花魁《みちとせおいらん》の部屋から深夜もれてくるのをいくどか廊下できいたのは、この声だ。……みていると、御隠居は、すじばった手で、じぶんの首をしめつけている。ふくれあがった指のさきが、やもりみたいに頭の皮をうねりつつ、這《は》いまわる。小稲は、しばらく声をかけるのもわすれて、恐怖の眼で、この不気味な客をみつめていた。

この客は、実は番頭新造《ばんしん》である小稲の客ではない。花魁三千歳の馴染《なじみ》である。馴染といっても、三月に一回くらいしかやってこないが、とにかくふしぎな客だった。

第一に、その素姓がよくわからない。いや、引手茶屋や、この大口屋の亭主の方ではわかっているのかもしれないが、遊女仲間はだれも知らない。三千歳さえも知らないらしい。とにかく、最初は八丁堀の与力といっしょに遊びにきたそうだから、身もとはたしかときまっているが、廓《くるわ》では、ただ、「麴町《こうじまち》の御隠居さま」だけでとおっている。年は五十七八であろう、背のひくい、骨と皮ばかりに痩《や》せた老人だった。

廓にも、老人客は少なくはない。しかし、さすがにその大半は、いつもにこにこしている垢《あか》ぬけのした通人か、もしくはあぶらぎった色親爺《いろおやじ》かで、この御隠居みたいな陰気な老人はいない。ただ、この老人の唇が目立って大きく、また赤いのが、いかにも獣めいた心もちを起させた。

つぎにふしぎなことは、花魁三千歳が、存外この御隠居をきらっていないらしいことだ。けちというほどでもないが、大尽《だいじん》あそびをするわけではない。それなのに、あのわがままで浪費家で、気っぷのいい――まして、直侍《なおざむらい》といういい人がいる三千歳が、こんな老人のどこにひかれるのだろう？　むろん、今夜のように直侍がくれば御隠居には名代をあてがってがまんしてもらうけれど、ともかくも、あの直侍がいや味をいうほどに。

もう夜明けにちかい春の廓は、さすがにひそと寝しずまっている。そのなかに、老人はなおうなっている。

「ううむ。……諸行無常……是生滅法……ううむ……」

かたかたと鳴る歯のあいだから吐き出された舌が、風にふかれる枯葉のようにそよいでいた。小稲はいちどにげ出そうとしたが、根がやさしく、またしっかり者のたちだけに、必死にすりよって、その背をゆさぶった。

「もしえ、御隠居さま。もしっ」

老人は、眼を見ひらいた。まるで夕闇の光が霧をとおしてくるような瞳で、ぼんやりと小稲をみて、

「ああ、おまえか」

「あい。ひどくうなされていなんしたが、なんぞ悪い夢でもお見なんしたかえ?」

「ううむ。……血に酔うたような」

「え」

「いや、酔いが、まだ醒《さ》めぬようじゃ、宵の酒にな」

小稲は、まじまじと老人の顔を見つめている。御隠居は、ちょっとどぎまぎして、ふとごまかすように、床の間に置いてあった印籠《いんろう》をとってくれといった。

みごとな蒔絵《まきえ》の五重の印籠のうち、老人がいちばん上の匣《はこ》のふたをとると、脂《あぶら》ぎった、薄鼠《うすねずみ》色のどろどろしたものが入っている。彼は、それを指ですくって、ぺちゃぺちゃとなめた。

「御隠居さま。それはなんの薬でありんすえ」

「これか、これは――ふふ酔いざめの薬じゃよ」

「なんで作ったものでありんす」

「さ、それは南蛮《なんばん》渡来の秘方箋《ひほうせん》で、おいそれとは申されぬ。新造、なめて見ぬかえ」

「ま、甘いような、気味のわるい匂い。――わたしは、酔っておりんせんからようありんすよ」

小稲は、顔をそむけた。老人は、笑いをうかべた眼で、じっと小稲をながめている。

「それでは、これはどうじゃな。精をつける妙薬じゃが」

御隠居が次にいちばん下の匣からとり出したのは、七八分くらいの、細長い、赤黒い、ちょっと青味をおびた、茄子《なす》の腐ったようなかたちをしたものだった。

「妙な顔をしておるな。あやしげなものではない。このわしが作ったものでな、その効験、巷間《こうかん》に用いられる女悦丸やら鶯声丹《おうせいたん》の比ではないぞ。ふふ、三千歳も大好物じゃが」

「ほほほほ」

と、小稲はむりに笑った。もとからぶきみな老人だと思っていたが、いよいよ妖術《ようじゅつ》使いみたいな恐ろしさを感じてきた。そのへんなものの正体は知れないが、そのききめは疑えないようだ。老人が泊った夜、あのうめきのあとでよく三千歳の身も世もあらぬ声をきいたことがしばしばだから——。

ああ、ひょっとすると、三千歳がこの御隠居にいくぶんでもひかれるのは、この薬のためかも知れない。……

「そんな薬をいただいては、花魁にしかられんす。……御隠居さま、おきのどくでありんすねえ」

馴染客《なじみ》がきた夜に、花魁にさしさわりがあると、客は妹女郎をあてがわれる。これを名代とよぶ。揚代金は花魁とおなじ値段、しかも背中合せにねるだけで、この名代には一指もふれてはいけないのが、廓のしきたりだった。

老人は笑いながら、その茄子の腐ったようなものをぺろりとすすりこんだ。小稲の気味わるがっているのを面白がっているような眼つきである。

「新造、おまえなかなか美しいの。三千歳にもおとらぬ。……生れはどこだえ」

「南部でありんす」

「なに、南部」

「ま、恥かしい。御隠居さまは、南部にお知り合でもおざんすか」

「うむ。わしの養子が、南部の家中からもらったものでの。もっとも、もう五六年もまえに死んでしまったが。……したが、これは奇縁じゃ。どうじゃな。新造、花魁には口をぬぐって」

いま食べたもので紫色にぬれた唇が、にたりと笑うのをみると、小稲は総毛立った。

「花魁が叱《しか》りなんすよ。どうぞ不承しておくんなんし」

「はは、固いの、新造。それでは、もういちど柳下恵《りゅうかけい》をきめこむか」

「柳下恵とはなんでおざんすえ」

「若い女といっしょにねても平気で眠った唐《から》の聖人じゃよ」

小稲は、たとえ背中合せにしても、もういちどこの御隠居とねるのがいとわしかった。それに、またあのうなされる気味のわるい声をきかされるようなことがあっては。……

「御隠居さま、さっきどんな悪い夢をお見なんしたえ？」

「首斬りの夢じゃ」

「え？　首斬り？」

「されば、きょう、悪縁での、牢屋敷で、斬首の刑に立ち合わねばならぬ羽目にあったのじゃ。それで夢見が悪かったらしい。……新造、おまえ、お仕置をみたことがあるかえ」

「めっそうもない。そんなものは見たこともないし、見とうもありんせん」

「罪人は、半紙二枚をかさね、二つに折って、折目に藁縄《わらなわ》をとおして目かくしをされておる。それを三人の非人がお仕置場にひっ立ててくるのじゃが、もう罪人の足は宙に浮いているようであったよ。首の座にひきすえられた四人のまえには、九尺四方の穴が掘られてあっての。そこに非人二人が、罪人をまえにかがめ、首をのべさせ、返り血が穴へとぶように左右からその足のおや指をしっかとにぎっておる……」

「よしておくんなんし、御隠居さま……」

「まあきくがよい。きょうはひどい雨であったろう。首斬り役は片手に傘をさしておったが、いや、みごとなものであった。右手にひきぬいた一刀、諸行無常《しょぎょうむじょう》、とつぶやいて柄に中指をあてる。是生滅法、といってくすり指をおろす。生滅滅為《しょうめつめつい》ととなえて小指をおろす……」

「ああ、それでは、さっきの念仏のような囈言《うわごと》は――」

「寂滅為楽っ、とさけんだとき、紫電一閃《いっせん》、罪人の頭から血煙がとんだ。首はおちない。首は、頸《くび》の皮一枚をのこして、ぶらんとぶら下がる。これだけみごとに斬って、首斬役山田浅右衛門の袖は、血はおろか、雨一滴にもぬれてはおらなんだな」

「御隠居さま。……主《ぬし》さんは、牢屋敷の御役人さまでおざんすか？」

なにやら、陶酔《とうすい》したように、陰々滅々としゃべっていた老人は、急に夢からさめたように、ちょっと小稲のおびえた顔をみて、にやりと笑った。

「いやいや、わしは役人ではない。刀剣鑑定をなりわいとする浪人者じゃよ。……ただの、斬罪にあったあとの屍骸《しがい》は御試《おため》しの御用に立つ。わしは、或る御方からの御依頼での、新刀のためし斬りを山田浅右衛門にたのんだので、それで立ちあったのじゃ。首なしの屍骸の胴を、土壇の上に釣って、一ノ胴をまっぷたつに斬っておとす……」

「よして――もう、よしておくんなんし」

「斬り口は、まるでまぐろを輪ぎりにしたよう……」

油がつきたか、ふっとたそや行燈《あんどん》がきえた。きゃっと小稲はとびあがりかけたが、相手にすがりつきかねて、耳を覆っていやいやをした。

もう夜明けがちかいが、朦朧《もうろう》とほの明るい障子を背に、瘦せこけた老人は、うす気味わるい笑いをたたえて、燐《りん》みたいにひかる眼で、じっと遊女のおびえを見つめている。

傾城のふるさと寒きところなり

半年ばかりたって、廓には、正燈寺《しょうとうじ》の紅葉《もみじ》をかついでやってくる客が多くなった。その秋のある夜、「麴町の御隠居さま」が、あやうくとんだ佐野次郎左衛門をきめこむ騒ぎがもちあがった。

その日の夕方、大口屋の柿色のれんを割って入ってきた御隠居は、たいへん機嫌がわるかった。もともと、きたときから何やら不愉快そうな顔つきであったが、そのうえ、おめあての花魁三千歳が廓にいなくなってしまったときいて、老人は苦虫をかみつぶしたような表情で酒をのみはじめた。

　三千歳が脱廓したのは、二三日まえの風雨のはげしい夜のことだった。朝になって、そういえば、前夜大引け前に、大門の外でいそいで四手駕籠《かご》にのった袖頭巾《ずきん》、赤合羽《あかがっぱ》の男が、妙になよなよして、内股だったという者があったし、その駕籠についていた頰《ほお》かぶりの男が、どうやら直侍らしかったという者があって、まえまえから三千歳の間夫《まぶ》が、その片岡直次郎という素寒貧《すかんぴん》の渡り侍であることは吉原雀《すずめ》のあいだでは知らないものはなく、店の方でもちかごろ直侍がくると三度に二度は会わせまいとしていたところだから、三千歳がドロンをした手引をした奴はこいつにきまっているのだが、さて名うての色悪、前夜から仲の町の引手茶屋に泊っていたと、もっともらしいアリバイまでこしらえてしゃあしゃあしているのだから、始末におえない。

　さて、それはともかく。

　麴町の御隠居のきげんのわるさには、みんなほとほと手をやいたらしい。たいていのことにはおどろかない太鼓持の志庵が、頸すじをかきかき階段をおりてきて、

「へっ、死にはぐれめ」

と舌を出したくらいだから、よほどのことである。そしてキョロキョロあたりを見ま

わして、小稲の姿を見つけると、

「おいおい、小稲さん、おめえさんを是非呼んでくれってきかねえぜ。いってやっておくんなさいよ。もう三千歳花魁がかえってきても、これからはおめえさんに乗りかえるそうだ——」

「ばからしい。よしておくんなんし」

と小稲は顔色をかえた。恐ろしい、身ぶるいするほどいやな客だった。

三ヵ月ばかりまえも、直侍がきたときに三千歳の名代をまたたのまれて、小稲はにげたのだが、そのかわりに出たお雪という振袖新造《ふりしん》が、御隠居にれいの妙な薬をついのまされたばかりに、なにかに酔ったようになって、そのあいだに老人から、あとでかんがえると吐気をもよおすようないたずらをされたという。——だから、小稲は、今夜もわざとかくれるようにしていたのに。

そのくせお雪は、どういうわけか、ふらふらと御隠居の座敷へ出ていったのだった。

「もし、もうお雪さんがいさんすのではないかえ？」

「それが、御隠居は、どうあってもおまえさんが御執心らしい。たのむたのむ。花魁なみにお食《しょく》好みをあそばしちゃあ、亭主《ごて》さんにもわるかろうぜ」

この小稲という女、番頭新造《ばんしん》のくせに、何だか妙に地女めいたところがあって、侍客などにはそこが好かれるらしいのだが、志庵にはあまり気に入らない。

ちくりと一本刺されて、小稲は悄然《しょうぜん》と、御隠居の座敷に出た。

「おお、新造、よくきてくれた。おまえがきてくれぬと、わしは……今夜はこのまま帰ろうかと思うていたのじゃ」

麴町の御隠居は、小稲をみて、額《ひたい》をたたいて恐悦した。もう呂律《ろれつ》が、だいぶあやしい。彼はいつも酒をのんだ。たいして好きでもないらしく、お銚子を三本もあけるともう苦しそうにぜいぜいのどを鳴らすくせに、なにか人に語れぬ屈託を麻痺《まひ》させたいとでも思っているように、口に酒をながしこむのがつねだったが、今夜はまるで猿みたいな顔色になって眼までがギラギラと赤くひかっている。

「これはまあ、はばかりでありんすねえ」

とお雪はぷいとそっぽをむきながら、朱羅宇《しゅらお》の煙管《きせる》を隠居の膝《ひざ》におしつけた。これがふつうの客なら、

「熱ッ、とんだ煙管のやきかね場――」とかなんとか悦に入るところだが、ひどく手前勝手な老人で、

「な、何をいたす、この無礼者めが」

と、邪険にお雪の手をはらいのけて、盃を小稲の方へさし出し、溶けてながれそうな笑顔で、

「さ、新造、のんでくれえ。わ、わしの盃を受けてくれえ」

「御隠居さま、あんまりお酒がすぎますと、またあとで苦しゅうはありんせんかえ」

と、小稲はしかたなく笑いながら、おずおずと傍に坐った。

「おお、苦しい……うなされるかもしれぬ。わ、わしは、新造、またきょういやあなものを見たよ。……」

「えっ、それじゃ、また、あの――」

「左様さ。例の御刀鑑定で、よ、よんどころなく……」

「あっ、よしておくんなんし」

小稲が身をもがいたのは、話もいやだが、老人の骨ばった、そのくせ、酔っているせいか妙にしなやかな腕がくびにまきついてきたからだった。

「まあ、きいてくれえ。きょ、きょうは山田浅右衛門め、いかがしておったのか。……いや、罪人が女であったせいか、こ、こいつひどく未練な奴でな、縄もとかぬうちにぁ

ばれまわって、あ、浅右衛門も縄取りも、もてあました風じゃった。検視はあごをふって、は、はやく斬れと仰せられる。女は、斬れば化けて憑《と》り殺すとかなんとかわめいて、まるで石橋《しゃっきょう》の獅子《しし》のように首をふる。……」

頸をがくがくさせながら、老人は、またあの茄子みたいなものをしゃぶっていた。しかも小稲をはなさないのだ。半ば面白がり、半ば本人も本当におそろしくて、女にすがりつき、しゃべらずにはいられないといった様子だった。

「ついに、たまりかねたか山田浅右衛門、縄取りに、放せ、と申した。縄をはなされて、まえににげるところをうしろから、ぱっと斬りつけたが、き、き、斬りそこねてうしろ頭が、じゃりっと小豆でも斬ったような音をたてた。あっと思ったとたんに、女はふりかえりざま、いやあな声をあげて、あ、浅右衛門に抱きついた」

「きゃあ」

と、お雪が妙な声をたてて、つっ伏してしまった。老人は痙攣《けいれん》する腕で、あのしゃぶった茄子を小稲の口にむりにおしこもうとしている。

「眼かくしはとれ、女が狂いまわるたびに、血、血がダラダラと顔じゅうにながれて、まるで夜叉《やしゃ》のようじゃ。浅右衛門とて、全身蘇芳《すおう》をあびたよう。が、とうとう女は押したおされて、ね、ねじ斬りに首を斬られてしもうた。……」

「うっ」

小稲は死物狂いに顔をそむけようともがいていた。口におしこまれようとするものの、なんというういやな匂いだろう。

いまにも吐きそうになって、蒼白《そうはく》になって、やっと身をふりほどくと、小稲は五尺も向うへころがっていって、すっくと立つと、紅潮した顔で、

「………」

何かののしろうとしたとき、障子があいた。入ってきたのはお銚子をとりに下へいっていたやりて婆さんだ。

きょとんと妙な顔をして小稲をみたが、とっさに事情を察したらしく、

「あれまあ、新造、めずらしい風で、四谷の先生が店においでだ。ちょいとはやくいってごらんな」

「まっ四谷の――」

と小稲はさけんだ。眼がかがやいたが、この場合、あんまり話がうますぎる。ちらっとやりての顔を見ると、

「ほんとだよ。まあいって見さっし」

うそまでついて、女郎をたすけてくれるような婆あではない。

「四谷の先生とは誰じゃ？」

と、麴町の御隠居がにがりきっていった。

「四谷の平山道場のやっとうの御師範で、下斗米《しもとまい》さまとおっしゃるお方で――小稲さんとは、お故郷《くに》がおなじとかで、新造が大熱々《あつあつ》のお馴染さんでござんすよ」

女郎をかばうほどの気もないが、こういう婆さんの声になんとなく小気味よさそうなひびきがあるところをみると、さすがのやりて婆あも、この御隠居ばかりは少々うれしくないお客らしい。もっともそれは、この老人が存外しまりやのせいであるかもしれない。

「まあ、御隠居さま、ここはひとつ粋《いき》なところを見せてやっておくんなさいましよ。――ささ、御不承をねがって、お熱いところをもうひとつ――」

やりての気味のわるい愛想笑いを背に、あともふりかえらず小稲は階段をかけおりていった。

絃歌《げんか》さんざめく見世さきに、ひやかすでもなく、下斗米秀之進は苦笑いして立っていた。傍に、へべれけになって、しきりにその袖をひっぱっているのは、これはいつもよく遊びにやってくる関良輔《せきりょうすけ》という浪人者だった。

四谷で、門弟三千をかかえる平山塾の主《あるじ》平山子竜《しりゅう》は、心貫流からあみ出した実用流の独創者で、その名のしめすごとく形や見栄をきらう、実用一点ばりの剣法を鼓吹《こすい》したが、その荒道場で四天王の随一といわれた下斗米秀之進。もともと、こんなところへ来る人間ではないが、彼に兄事する関良輔が多血多感の豪傑で、一夜むりにさそい出してきたらしいのだが、たまたまそれに出たのが大口屋の小稲。話してみて故郷がおなじ南部なのでびっくりした。

南部も南部、下斗米秀之進といえば幼いころから南部藩の神童とよばれ、十四歳にして南部侯へ建白書を出して脱藩して江戸へはしり、いま江戸第一の大道場平山門の師範代となっているという噂《うわさ》は、南部一円で知らないものはない。

——その下斗米さまと——小稲はゆめではないかと、ふだんでもわが身をつねって微笑する。南部にいれば思いもよらないことだ。全身をやくほどの恥ずかしさと同時に、彼女はいつ死んでもいいほどの女郎冥利《みょうり》をかんじていた。

この純情が下斗米を打ったのだろう。それからも彼は、なんどか関良輔にひかれて大口屋へ足をはこんできた。

「おおっ、待兼山《まちかねやま》のほととぎす——先生、菩薩降臨《ぼさつこうりん》でござるぞ」

いちはやく良輔が小稲を見とめて浮かれるのに、

「これ、よせ」

と秀之進は苦笑いしている。小稲はその声をきいただけで、からだじゅうの血がドキドキ鳴って、生娘《きむすめ》みたいに真っ赤になった。

「まあ、きついお見かぎり。今日はどっち風が吹いたのでありんしょう」

うらめしそうにいって、はしりよって下斗米にとりすがったとき、見世の奥から荒々しい跫音《あしおと》がした。

「刀っ、面白くもない。わしは帰る！」

麹町の隠居だった。ぎらぎらと光る眼でこちらを見ながら、唇を、ぐい、とまげて、大小を受取っている。その足もとに、にゃあ、と黒い猫が一匹まつわりついていた。この老人の持つあの奇妙な薬の匂いが、猫をひきつけるのであろう。

「こ、これは、あの三千歳の飼猫ではないか」

と、隠居は刀を腰にさしながら、ぎろっと足もとを睨《にら》みつけた。

「へい、左様で」

若い者がそういって手をすったとき、隠居は、たっとその猫を宙に蹴《け》りあげた。

ぎゃあ――、舞いあがった猫の声は異様な余韻をひいて、あとは血しぶきに断ちきられた。隠居の刀がその胴を真っ二つに斬って土間へ落したからだ。

「あっ――」

みながいっせいにたちあがったとき、隠居は、猫はおろか、下斗米や小稲も見ず、のれんを割ってヨロヨロと外へ出ていった。

「なあんてえ畜生だ。あのおいぼれ三ピンめ」

若い者が舌打ちして、みんなこわごわと無惨な猫の死骸《しがい》のまわりに集った。

関が、呵々《かか》大笑した。

「眼中血ばしり、いや、身共かえるじゃて――か。あはははは」

「ああ、いや、ほんとうにいやな客でありんすにえ。主さん、さあ、こんないやなところより、はやくあっちへ――」

身ぶるいして、袖をひっぱる小稲に、下斗米は土間にひき入れられたが、ふとふしんげな視線が猫の死骸におちると、はっとしたように、

「はて、この斬り口は——」

と、関良輔と顔を見合わせた。なんとなく愴然《そうぜん》としたものが、ふたりの面をながれたようである。

夕鴉ほど土手をゆく黒頭巾

「——お、あれは」

四ツ、というと、まだ、各妓楼《ぎろう》の二階からは、三味線や太鼓や女の嬌声《きょうせい》やが、天楽のように降り、見世見世の格子からも、それにまけぬ三味のすががきの音、女の呼ぶ声、それにからむ嫖客《ひょうかく》の笑い声、客を案内する茶屋の箱提灯《はこぢょうちん》。——そのぞめきのなかから、思わず小さく叫んだ声がある。

「うむ、麴町のおいぼれだな」

こううなずいたのは、いま叫んだ男と同様頰かむりしているが、大小はさしているところをみると、侍のはしくれだろう。

「うむ、三千歳がいねえものだから、隠居め、むくれてかえるところだな。丑《うし》、ちょい

てしまった。

ふたりはヒソヒソ何やら話しあっていたが、そのうち、どっちもふいと人ごみにきえ

麴町の隠居が大門から衣紋坂《えもんざか》に、ふらりとかかったとき傍によってきて、ぺこぺこと

お辞儀する男があった。

「ええ、今晩は、御隠居さま、ごきげんよろしゅう。……」

「きげんは悪いぞ。大きにわるい！」

「へっへっ、実はそのことにつきまして――」

「そのことについてとは何じゃ。おまえは何者じゃ」

「大口屋の若い者で――御隠居さま、三千歳花魁のゆくえがお知りになりたかあございませんか」

「なに、三千歳？　三千歳はどこにいるのじゃ」

「実は、その、入谷の寮にいなさるんでございますよ。御存知かどうかしりませんが、花魁には片岡直次郎という悪がくっついていやしてね。これには店はむろん、花魁もホトホト手をやいて、それでそっと寮にかくれていなさるんでございます」

「さ、左様か。それで安堵《あんど》したわい。じゃが大口屋でも、わしにまでかくすことはあるまいに」

「いえ、それが、ほかの女郎もやりても太鼓もいるところでは、どんなはずみで直侍の耳に筒ぬけになるやらわかりませんや。そこで、御隠居さまにだけそっとお知らせするようにってことで――」

「あ、あのわしにだけ？」

「左様で。こいつは花魁からのたのみでもごぜえます。是非御隠居さまを寮へお呼びしてくれろ――と、へっへっ、お熱いことで」

老人は、年甲斐もなく、顔じゅうをニタニタさせた。もう子供みたいに足ぶみして、

「駕籠をよべ、駕籠を」と、若い者をせきたてる。

――まもなく、隠居をのせた四手駕籠が一挺《ちょう》日本堤を北へはしっていた。途中でやや南におれて、鷲《おおとり》神社から太郎稲荷《いなり》の傍をとおって、入谷田圃《たんぼ》にかかる。

この道は上野方面から吉原へゆくのに最短距離ではあるが、人通りがないので、夜は物騒だから、御徒町《おかちまち》へんの手利《てきき》の武家でもなければ、めったに通う人もない。が――。

案内の若い者は駕籠の傍についてかけているが、同時に、いつのまにかその駕籠の前

後を、十人あまりの黒頭巾が、とりかこむようにはしっていた。――いつか中秋の満月が空にかかって、キラキラと刈田の水にくだけている。

「駕籠をとめろ」

こう叫んだ声は、駕籠の中からではない。地に下ろされた駕籠からは、なんの声もない。

「ええ、御隠居さま」

ついてきた男が声をかけたが、駕籠がしんとしているので、うす気味がわるく、とみには近づきかねた風情である。

――と、黒頭巾の群のなかから、これは頬かむりをした半纏《はんてん》の男が、つかつかと歩み出て、

「やい、老いぼれ、出ろえ」

と叫んだが、駕籠の中から、かすかに鼾《いびき》の声がするのをきくと、急に、にやにやと笑い出して、どんと駕籠を蹴った。

「な、なんじゃ。もう寮についたのか」

なかで、こんな寝ぼけた声がして、よろよろと隠居があらわれた。

駕籠にゆられて、酔いがいっそう深くぶりかえしたとみえて、朦朧《もうろう》たる眼で、まわりにひろがる入谷田圃と、妖《あや》しい黒頭巾の群とをみても、べつにけげんとも思わないらしい。

「こ、これ、三千歳はいずれにおる？」

「けっ、この腎張爺《じんばり》いめ」

と、相手の男は舌打ちしたが、急に猫なで声になって、

「もしえ、麴町の御隠居さま。あっしゃあ、おめえさまと、実は廓で乳兄弟。へっ、三千歳からいろいろとお噂をうかがっておりやすから、とんと他人と思えやせん。まだ青二才だが片岡直次郎という弟を、どうぞ末ながく、可愛がってやっておくんなせえまし」

言葉はまるでやくざだが、手拭《てぬぐい》をとると、侍髷《さむらいまげ》の月代《さかやき》がのびた、凄味《すごみ》のあるいい男。さすがに隠居は、ぎょっとして月明りにそれを見返して、

「ほほ直次郎とはおまえか。み、三千歳にだにのようにくっついているという悪党は。——いろいろと、悪名がたかいぞ。まだ若いのに、ゆくすえが案じられる」

「こいつは御挨拶だ。へっ、御意見を承るまでもなくこの片岡直次郎、どうせいつかは

ふんづかまって、天下の御法で首の座にすわることあ覚悟しておりやす。――そこで、御隠居さま。ものは談合でやんすが」

「な、なんじゃ」

「三千歳が、入谷の寮にいることあ、むろん嘘の皮。実あ、あいつのたってのねがいで、世間の噂どおり、このあっしが廓をぬけさせたのにちげえねえ。この上は、へっへっ、おたげえにこがれ死するほど惚《ほ》れているふたりが、世間の隅っこでちんまり世帯をもてばほかに望みはござんせんが、金が仇の世の中ですね、それにはちいっと金が足りねえ。そこで御隠居さま、お願えというのあ、その金を、あっしの首代として前金でお貸しねげえてんで」

「な、なに」

直侍、ピシャリとじぶんの細いくびをたたいた。

「こういやあ、ものわかりのいい御隠居さまにあ、ずんとわかっていただけやしょう。こんなながん首でも、廓を通りゃあ入山形《いりやまがた》の花魁が、みんな格子へ鈴なりだ。まして、おめえさまの弟分、どうぞおとこ気を出して、たった百両！」

襟のあいだから、ぬっと手を出した。

隠居は、駕籠に背をもたせかけたまま、夜光虫みたいにうすびかる眼で、じっと直侍を見つめている。なんとなく直次郎が妙な気持になったとき、隠居は突然、ケタケタと笑い出した。

「うむ買うてやろう。そ、その首――。はははははは、その面《つら》、その美しいしゃっ面の皮ばかりではなく、め、眼も舌も味噌《みそ》も嚢《のう》、ひひひひひひひ」

直次郎はなぜか総身に水をあびたような感じがした。隠居はふところに手を入れたが、すこし考えこんで、

「じゃが、百両はすこし高いな。……さ、三十両にしてくれぬか？」

と梟《ふくろう》のような眼つきをした。

これが直侍をからかっているのでも何でもなく、たんに老人らしい吝嗇《けち》のせいで、その実、隠居が存外臆病なことはそのつぎにわかった。

「な、なめるねえ、このおたんちんめ。下手に出りゃつけあがりゃがって。――ううむ、その様子では、ふん、そこにたんまりともっているな。おい」

と、直次郎はうしろをふりむいた。なに、こいつだって、色男金と力はなかりけりで、腕のほうは、からっきし自信はないが、はったり度胸だけは人一倍、ましてうしろ

に狩りあつめてきているのは、御家人崩れやら、無頼の浪人やら、町の悪党仲間。

「めんどくせえ。いっそたたッ斬ってやろうか」

むろん、おどしでこういったのだが、黒頭巾のなかから二三人、存外本気で眼をひからせてつかつかと寄ってきた。

「よかろう。斬るなら、おれにやらせろ。おれはこのおいぼれに、ちょいと恨みの筋があるのだ」

「ひっ」

というような声をたてて、老人は両手をまえにつき出した。酒も何もさめはてたらしい。狼狽《ろうばい》して、ヨタヨタとうしろへすさりながら、

「お、お手前方は、な、何を――」

といいかけて、突然その二本の足が宙にあがったとみるまに、ざぶうん、と、あおむけに田圃のなかへ落ちこんだ。

「しまった!」

かえって、直侍のほうがあわてふためいた。隠居が奇声をあげながら、もがいて、泥田の中をにげようとするのを見たからである。鴨《かも》をにがしては万事休すだ。

「おい、しかたがねえ、斬っちまえ！」

そう叫びながら、抜討ちに刀身をのばしたが、老人の背にはとどかない。

――と、そのとき、この騒ぎに誰も気がつかなかったが、そこからすこしはなれた杉木立のかげに立ってこちらを見ていた二つの影が、疾風のようにかけよってきて、

「待て、待て」

と黒頭巾の群に割って入った。

泥の中でこけつまろびつしている隠居に、数本の乱刃を泳がせていた悪党たちは、愕《がく》然《ぜん》とふりむいて、それが仲間でないと知ると、

「おやあ？　こいつ――どこからうせやがった」

「邪魔すると、こうだっ」

ふたりほど、いきなりうしろなぐりに刀をふるったが、たちまち田圃のなかに蹴こまれて、夜目にも真っ白な水けむりをあげた。

「やっ？」

みな、仰天して、あわてて路の左右へどっとひいたが、おどろきよりも怒りに眼が血ばしったのは、直侍ばかりではない。今夜の仕事にドジをふめば、酒代はおろか、飯に

もありつけぬ餓狼《がろう》のような連中ばかり。

「えい、こいつらもいっしょに、ぶった斬ってしまえ」

ふたたび、じわじわと寄りつめてくる兇刃の中で、二人はにやにやして話をかわしている。

「先生、さっきの猫の斬り口でござるが、あれはまぐれででもありましたろうか」

「さればさ。いまの老人の醜態では、思いもよらぬが。──追ってきたのが、くたびれ儲《もう》けらしい」

「くたびれついでに、このうじ虫どもとひとあばれするとしますか」

「待て待て。関。──恥ずかしいことに、わしはまだ人を斬ったことがない。どうせ近く殺生の旅に出ねばならんうえは、ここでその腕だめしをさせてもらうことは、天のあたえしもっけの倖《しあわ》せ、良輔、おまえは斬ってはならんぞ。──」

「こなくそ!」

ひとり、獣《けもの》のようにとびかかってくるのを、

「わしに斬らせろ!」

声と同時に、黒頭巾の刀とからだが一間も泥田へとんで、水音一颯、あとに声なし

――。

むりもない。鬼道場平山塾の竜とうたわれる下斗米秀之進。にっとみせた白い歯のあいだから、蜘蛛《くも》の糸のようにたぐり出される妖気にからみよせられて、またふたり、フラフラと泳ぎ出て、絶叫と血けむりのなかにつんのめった。

「諸行無常――」

誰やら、そんなことをつぶやく声がきこえたが、悪党たちはもうその声の主をふりかえる余裕はない。もみにもんで斬りかかる乱刃が、凄じい鋼の音とともにはねのけられると、

「是生滅法！」

黒い影がのけぞって、ねじれて、路上にどっと打ち伏した。

「たっ、逃げろ、みんな逃げろ！」

たまりかねたか、片岡直次郎、まっさきに刃をひいて、あともふりかえらずはしり出した。それにつられて、どっと雪崩《なだれ》のように逃げ出す群から、またひとり、運の悪い奴が、一間はしって、もんどりうった。

「生滅滅為。――」

陰々滅々たるこの声に、ようやく気づいたのは関良輔、ヒョイと田圃のなかを見ると、まるで枯木のような黒い姿が、ガタガタふるえながら、呪文《じゅもん》のようにとなえている。

「寂滅……為楽……」

頭から泥をかぶって、眼ばかりひからせている麹町の御隠居、しかもなにやら陶酔しているような——さしもの下斗米の胆を、ぞっとさせるような声であった。

名代は言わんすなとて罌粟《けし》の花

三年たった。

苦界にしずむ女たちは、歳月の波にみるみるあさましいほど容色が衰えてゆくものなのに、ふしぎにも大口屋の新造小稲ばかりは、いよいよ美しく凄艶《せいえん》なばかりになった。

ふしぎにも？　——ふしぎではない。それは彼女の心が、毎日きえることのない白熱の炎をもやしつづけてきたからだった。恋の炎を、そしてまた手に汗をにぎるような戦《せん》慄《りつ》の炎を。

すべては、下斗米秀之進によるものだった。けれど下斗米は、その三年間に、ほとんど廓にきたことはない。そしてもう永遠に小稲のもとへは来ないであろう。

なぜなら――彼はあの夜からまもなく南部へかえった。南部の津軽に対する二百年の宿怨をはらすためである。

津軽の藩祖はもと南部の一家老にすぎなかった。ところが、太閤の小田原陣のさい、彼はまんまと秀吉にとりいり主家をあざむいてその津軽領をうばってその主となったのである。しかもそののち勢いは南部藩をしのいで、ちかくはその国境の檜山《ひのきやま》をだましとり、その山の檜で暮しをたてていた南部の百姓は塗炭の苦しみにおちいった。――小稲も、そのために身を売った娘のひとりである。

下斗米は決然立って、津軽越中守を狙《ねら》った。陸奥《むつ》から羽後《うご》にこえる矢立峠に大筒をしかけて津軽侯の行列をねらい、また大館で越中の乗物を樹上から狙撃《そげき》し、地雷火で多数の津軽藩士を空中に飛散させた。その執拗《しつよう》な暗殺行に、越中守は戦慄し、また激怒して、無数の刺客をはなったが、下斗米は、江戸に、奥州路に神出鬼没のはたらきをしめして、彼らを斬りすてた。滄海《そうかい》に壮士を得、秦《しん》を椎《つい》す博浪沙《はくろうさ》、韓に報じて成らずといえども、天下みな震動す。変名した下斗米は十日ばかりまえ、ついに幕吏にとらえられたが、津軽は天下の笑いものとなり、下斗米変形《へんぎょう》の名は、江戸の町々に瓦版《かわらばん》となってうたいはやされた。

すなわち、その名、相馬大作。

「……新造、泣くことはない」

と、いったのは、関良輔。そうはいったが暗然たる顔だ。八月の末ちかい雨の夜、廓のはずれ、三千の遊女の化粧水が小暗くながれる水道尻の、おはぐろどぶのふちだった。

「越中の首はあげ得なんだとは申せ、あれほどの津軽の胆《きも》をうばい、恥を天下にさらさせたうえは、先生の士道万世を照らす。先生も、もはや、御本懐だろう」

彼は、いよいよ大作が小塚ッ原で処刑される日がちかづいてきたらしい、と小稲に告げにきたのである。

雨が、蕭々《しょうしょう》と傘をたたいていた。

「ただ……」

と、彼は頭巾のかげの顔をくもらせて、

「少々気がかりな噂がある」

「……なんでありんすえ?」

「首をきるのは、公儀御試御用の山田浅右衛門。その浅右衛門に津軽家から三百両をそえて、越中守の差料《さしりよう》延寿国時をわたしたという噂じゃ。ついに津軽の手にあまった先生を、せめて越中の刀で斬ろうというわけであろう。めめしき奴らの思いつきそうなこと。——が、もしそれがまこととすれば、先生の御無念はいかばかりか。……」

「ま、卑怯《ひきよう》な——」

「なんとか、それはさしとめたい。が、わしは逢ったことはないが、山田浅右衛門はなかなかの理財家で、そういうことは珍らしくはないということじゃ。こまったことは、このわしの非力、いや腕にはおぼえがあるが、何分、わしとても先生の一味として目明しどもに狙われておる人間、三百両という大金は思いもよらねば、よし才覚がついたとしても、まさかおおっぴらに浅右衛門のところへ参るわけにもゆかぬ」

小稲の眼が、うしろの秋葉常灯明《じようとうみよう》のうすぼんやりした光の中をふる雨にそそがれた。恐ろしさのため、吐気《はきけ》のようなものが胸にこみあげた。

けれど、そのつぎには、或るよろこびがその胸にあふれみちてきた。

きっと顔をふりあげて、

「関さん。そのことはわたしにまかせておくんなんし」

「あんたに？」

「あい、お金も、それから山田浅右衛門との話合いも」

「あんたが、どうして」

「わたしには、この三年ばかりまえから、どうしても身請けをしたいといってきかないお客がひとりありんす。……そのお客が……まあ、なんという天の配剤《はいざい》でありんしょう、その山田浅右衛門とやらと、どうやら知り合いのお人らしゅうおざんすにえ」

「な、なに、それは、どういう——」

「やはり、その御刀鑑定の方で、浅右衛門と昵懇《じっこん》らしい様子……あまり好きでないお客ではありんすけれど、大作さまのおためとあれば……ほほほほ」

小稲は笑った。

その声は生娘のように明るく、その横顔は常灯明の灯に、白蠟《はくろう》のようなひかりをはなった。

「いえいえ、関さん、もう何もいって下さんすな。これはまあ、ほんになんという倖せでありんしょう、南部のためにあれほど苦労しいした大作さまに、気ははやってもかなしい遊女の身、なんのおためにもなりんせんことを心苦しゅう思うていいしたに、やっとお役にたてるとは。……」

ひぐらしや地獄をめぐる油血

――小稲は、船酔いのような思いで、夢ともなく、うつつともなく、明るんでくる障子の影をみつめていた。

彼女にとっては、殉教的な一夜だった。頭のおくに、痛みとともに、その夜明けのような仄明《ほのあか》るさがあった。これで……これで大作さまが、怨敵《おんてき》越中の刀できられなさることだけはまぬがれる。せめて、せめてこれが遊女のわたしの恋の……

二三日まえ、小稲はあの御隠居に身請けしてもらうことを承諾したのだった。いや身請けばかりでなく、べつに三百両まで出してもらったのだ。そして、その金を御隠居にそのままわたして山田浅右衛門に、相馬大作を越中守の佩刀《はいとう》で斬らないように願ってくれとたのんだのだった。――どっちかといえば、なかなかしわん坊の御隠居のことだから、ひょッとしたら、という恐れはずいぶんあったのだが、老人は存外たやすくいうことをきいてくれた。

「よいよい。その金出してやろう」

老人はにたにた笑いながらいった。

「そして、浅右衛門にたのんでみてやろう。……可愛いおまえのためとあればな」

可愛いおまえのためとあればな――、なんというそれは恐ろしい愛撫《あいぶ》であったろう。

もう六十に手のとどいた隠居は、気ばかりあせった。彼はまた例の自家製の異様な薬をくれた。そして、それを小稲にもしいた。小稲はやけになってそれを食べた。殉教者にとっては、苦しみが、甚だしければ甚だしいほど、いっそう愉悦をかきたてられるものだ。

けれど、その茄子の腐ったような、甘酸《あまず》っぱい薬は、たべてみると、いつまでも舌にトロリとした脂《あぶら》をのこし、小稲のからだの肉のふかみからうずうずさせた。隠居は今夜はうなされなかった。いや、明けがたまでも、寝もしなかった。彼は、歯のない歯ぐきで、小稲の肌のすみずみまでなめまわした。

小稲はもだえて、あえいで、声が出た。

（ああこれだ、三千歳花魁の声は、やっぱり……）

まだ身うちに熱をもっているような女のからだが、自分ながらかなしく、あさましく、それが（ただ、大作さまへの）という彼女の満足をかげらす、呪《のろ》わしい一つの雲だった。

「妙に、赤いの、新造」

と、老人がいった。疲労をくぼんだ眼窠《がんか》によどませて、死人のように眠っていた隠居の眼が、いつの間にか、うす赤くひかっている。

「朝やけじゃな」

なるほど赤い。夕やけとまちがえたか、庭の方から、雨のふるように、もうひぐらしが鳴きしきっていた。

「起きなんしたかえ、御隠居さま。まだ早うありんす。もっと寝ていなんし」

「ふしぎな光じゃ、この赤いひかりでみると新造の美しさはまた格別、まるで天女のようじゃの」

なめるように小稲を見まわして、また枕もとの印籠にモゾモゾと手を出すのを、小稲はあわててとめた。

「御隠居さま。そのお薬は、いったい何でありんすえ？」

「これか。ふふふ、どうじゃ、なかなかよい薬であろうがな。……おまえはもう身内、もうゆうてもよかろう。これ、耳をかせ。……これはな、人間の臓腑《ぞうふ》やら脳味噌やら」

「ええっ？」

たまぎるような声をあげて、小稲はがばとはね起きた。老人は、もうその茄子みたいなものをぺちゃぺちゃとしゃぶりながら、

「それ、あの山田浅右衛門よ。あれの家に、肝蔵《きもぐら》というものがある。なに、三間に二間くらいの小さな蔵じゃがの。なかには綱をひきまわして、それにこのようなものが、たくさんぶらさがっておる。下にはいくつかの大甕《おおがめ》があっての、なかにはこれまたドロドロした臓腑がいっぱいつまっておる。……首斬御用、お大名からの新刀おためし御用、刀剣鑑定、それにこの御仕置人の肝やら脳味噌やらつくる薬と、ひひ、あれもなかなか、なまじお旗本などより内実裕福じゃよ。ヒヒヒヒ」

小稲は行燈のそばにいざり逃げて、みぞおちをおさえたまま、肩で息をしていた。

「この薬を手に入れるためにも、わしはときどき首斬りにもたちあわねばならぬ。……うまく斬れても、斬りそこねてもいやあなものじゃ。わしはその日はきっとここへやってきて、あたたかな、柔かい女の肌にふれねばようねられなんだ。……きのうはべつに

首斬りがあったわけではないがの、おまえの身請けが待ちきれんで、やってきたわけじゃ。もう、おまえはわしのところへ来てくれるのじゃから来んでもよかろうと思うが。……いや、また今夜来るかもしれんぞ。きょうまた首斬りが一つある。……ヒヒヒヒ」

障子はいよいよ赤く、部屋じゅうに満ちる妖しい血いろのひかりのなかに、老人は白髪あたまをふりたてて笑った。油がつきたか、灯心《とうしん》がじじっと鳴って、行燈がきえた。

「ご、御隠居さま、きょう、きょうの、首斬りというのは？」

「可哀や、きょう首討たれるのは、おまえの恋いこがれる相馬大作。おお、何たる悪縁じゃろう。それをき、き、斬らねばならんとは。……思うに、あの花魁三千歳の間夫片岡直次郎とやらも、いつの日か御試御用の座にひきすえられることじゃろうが」

小稲は、朱色のひかりも染めきれない蒼白の色にかわって、すくんでいた。全身が、ひきちぎれるような恐怖にうたれた。

「それはそうと、新造、もうなんどきじゃろう？」

老人はむくりと身をおこした。

「わしは、そろそろゆかねばならぬ。伝馬町の牢屋敷へ。——きょう小塚ッ原へ送られる相馬についてゆかねばならぬ。……」

小稲は、しめつけられるような叫びをあげた。

「御隠居さま。あなたはいったい　どなたでありんす。もしや……もしや……」

「わしか。ふふふふ、わしの素姓を、まだ亭主はおまえに告げておらなんだかの。いや、それをいうと花魁たちにきらわれると思うて、わざと長いあいだ伏せてもらっていたのじゃが、女房になるおまえにまでかくすわけにもゆくまい。わしは、麹町の浪人、ただし、先祖代々――」

立ちあがって、みるみる衣服をき、袴《はかま》をつける老人の瘠《や》せたからだを、ぼうっと靄《もや》のように妖しい剣気がつつんだ。

「公儀御試御用を承わる――わしが、山田浅右衛門吉睦《よしちか》」

音もなく歩いていって、障子をあけて、

「おお赤い、赤い、死人の腸《はらわた》のように雲が赤い――」

がっくりと失神した小稲は、その刹那《せつな》に、朝やけをうずめるひぐらしの声を、この世の終りの海嘯《つなみ》のようにきいた。

時に、文政五年八月二十九日。

五代山田浅右衛門が、相馬大作処刑後、津軽家の家老笠原八郎兵衛に送った口上書がのこっている。

「——御庖丁をもって二品とも料理仕り候ところ、御道具見事ゆえ出来はなはだよろしく、さりながら疵《きず》をつけ候段恐れ入り候。御道具結構《けっこう》の上、手さえすき候ほどと存じ奉り候」

ゆびきり地獄

指切るも実は苦肉のはかりごと

木枕のうえに、白い小指をのばしてのせて、対島《つしま》はあおのいて眼をとじた。

「志庵《しあん》さん、きいておくんなんし」

とじた眼から、涙が頬《ほお》にころがりおちて、

「わたしが小吉《こきち》さんにしゃべったは、決してあてこすりではありんせん。わたしも花魁《おいらん》、夜具をしなけりゃあなりんせんが、新造を出して間もないことで、みんな客人にも手を負わせたから、もうこうなったら、大きらいなおひとじゃありんすけれど、たのむのはあの茅場町《かやばちょう》の客人ばかりでおざんすが、つねづねこの小吉さんのことを知っていやすから、ゆびを切ったら夜具をしてやろうという難題」

「ふむ、ふむ」

と、幇間《ほうかん》の志庵、ちらっ、ちらっとにくらしそうに座敷の隅のほうをみる。

「そのことをつい小吉さんにうちあけたは、わたしが悪うありんしたが、決してつらあてだの恨みつらみではありんせん。それなのに、この小吉さんのいいなんすには」

「ふむ、ふむ」

「それでてめえの狂言がきこえたわえ。このごろおれに秋風だから、りづめで夜具をさせて、おッぽり出そうという悪心か。それと知っていいかけられたうえはしかたがねえ。男のたてひき、今夜じゅうにおれが夜具をこしらえてやろう。――」

「へえ？　この勝の旦那が？　へえ？」

「しかしそれに切り文をそえてやるからそう思え。それでおめえ、もうおれに用はあるめえ。傍にいるのもけがらわしい、はやくあっちへゆきやがれ、だと――」

　それが手だ、と志庵はいいたい。いいや、もっといってやりたいことはヤマほどある。

　いまこの対島の座敷に呼びこまれて、床柱にもたれかかっている客の姿をひと目みたときも、志庵はいやあな顔をした。

　まだ若い、二十二、三だろう。着ながしの片膝《かたひざ》を立てて坐ってニヤニヤしている。苦みばしッた、凄《すご》いようないい男だが、どこか野放図で、無頼の匂いがある。

　若くって、美男で、それで侍だか遊び人だかわからないようなところ――この吉原でも、松葉屋に居候《いそうろう》をしている金公という男と一幅対《いっぷくつい》だという噂《うわさ》。これは本所の安御家《やすごけ》人《にん》、四十一俵の小普請組《こぶしんぐみ》で勝小吉という名物男。

金公のほうは、居候をしているだけに、いわば廓《くるわ》の用心棒格だからまだいいが、この勝小吉は、廓泣かせの悪い客だ。

悪い客といっても、べつにあばれるわけではない。だから、もっと悪い客だといえる。金もないのに——金が万能のこの吉原で、嘘みたいな例外だが、こんな若僧のどこがいいのか、これとかかわりあった遊女は、みんながみんな、夢中になって入れあげる。女郎のほうから身銭をきるのだから、廓で文句のつけようもないが、それだけにもてあます花魁荒らし。

廓では、五節句その他の紋日《もんび》に、縮緬緞子《ちりめんどんす》の夜具を見世先につんで、遊女の全盛をほこる。施主《せしゅ》はそれぞれの遊女のパトロンだが、これをねだるのが女郎の働きでもあれば、苦のたねでもある。

(なんだって? 男のたてひき、今夜じゅうにおれが夜具をこしらえてやろう、だと? 言いも言ッたり、いくら出鱈目放題《でたらめほうだい》にしたって、よくまあ、そんな口がきけたもんだ。さかさにふッても、鼻血も出ねえくせに——)

と、いってやりたいが、この小吉、きくところによると、「団野《だんの》の小天狗」と呼ばれる腕ききのうえに、いままで吉原であばれたことはないが、まかりまちがうと大あばれしそうな無鉄砲な感じがあるから、少々おッかない。

　対島はいよいよ泣いて、

「わたしがこれまでこのひとに、どんなに苦労をしてきたか、志庵さんも知っていなんしょう」

「ああ、知ってる知ってる、知ってるともさ。貧乏神を間夫《まぶ》にしちゃあ、どんなに全盛の傾城《けいせい》だって尾羽打ち枯らさあね」

「いえさ、その苦労をちっとも辛《つら》いと思ったこともありんせんのに、いまここでそんな疑いかけられては、わたしの立つ瀬がおざんせん。そんなことをいうなら、わたしはここで、このひとのために指を切りんす。切ってわたしのこころを見せずにはおきんせん」

「じゃあ切ってみせてくれ。おれに惚れたという女郎は掃くほどあるが、みんなうまいことをいいやがって、指まで切って心中立をしてくれた奴はひとりもねえ」

　と、小吉は笑いながら、ケシかけた。

「さあ、志庵さん、そこの剃刀《かみそり》をとっておくんなんし」

志庵は、なんども遊女の指きりの介錯《かいしゃく》をして、その方ではちょいとした名人だが、この場合は、なんとも同意をしかねた。

「ま、まっておくんなさいよ、花魁」

「いいえ、わたしも覚悟をきめたこと、いまさら志庵さんの説法をききたくて来てもらったのではありんせん」

「そんなことじゃあねえ。あたしゃ、ちょいとききこんだことがあるもんだから」

「え、ききこんだこととはえ？」

志庵はちらっとまた小吉をふりかえった。

小吉は依然として薄笑いをしたまま、志庵を見ている。——が、その眼の奥にひかるものの物凄さ。

急にドキリとくびをすくめた志庵に、

「おい、おめえがききこんだこととはなんだえ」

「へ、そ、その——起請文《きしょうもん》の髪切りくれえならまだいいが、切った指は二度と生えねえから——」

と志庵はうろたえて、ごまかした。

小吉は笑い、対島はヒステリックな声をはりあげた。

「それだから、心中立になるんじゃおざんせんか。さ、はやく!」

志庵は、ええい、勝手にしろ、といったやけくその表情になって、対島の指に剃刀をあてがい、傍の鉄瓶《てつびん》をふりあげて、はっしとたたきつけた。

「うっ」

のめった対島に、はや指がない。

「うむ、たしかにもらったぞ!」

片手をあげて、とんだ小指をみごとに受けとめた勝小吉、さすがにあたまをさげて、

「かッちけねえ。わかった、対島、おめえのまごころもいっしょに受けた」

が、失神した対島に、その声がきこえたかどうか。わっと泣き声あげて、水や血留《ちどめ》や気付薬をもってたかる禿《かむろ》や新造を、勝小吉、たちあがって、こまったような顔で見下ろしていたが、

「おい、花魁の気がついたころ、またくるぜ」

「もうこなくって、ようありんす」

と、うらめしげに見あげる禿に、

「はははは、こなけりゃ、花魁がまた指を切らあな」

と、もらった指を紙につつんで、袖からふところに入れ、そのふところ手の姿で、ブラリと座敷を出ていった。

下におりて、階段の下で大小をうけとると、往来に出た。

文政五年の年のくれ――浅草の歳《とし》の市からながれこんだ客が、手ンでに裏白や橙《だいだい》や柄杓《ひしゃく》や手桶をぶらさげて、ぞめき歩いている。

こがらしの吹くうすら日のなかで、勝小吉、ひどくかなしそうな顔になって立ちどまり、両の袖から手を出した。

「これで、三本、フ、フ、フ、思えば、罪のふけえ野郎だなあ、この勝小吉って奴は」

九尾よりこわい女郎の九本指

手の上に三本、白い小指がころがっている。

この数日のあいだに、彼がせしめた女郎の指だ。幇間の志庵が、ちょいとききこんだことがあるといいかけたのは、このことだろう。

放蕩《ほうとう》無頼の暴れン坊として、廓はおろか、江戸じゅうに鳴りひびいた勝小吉だが、しかし、あくまで陽性で快活な顔つきは、とても女郎の指をあつめてうれしがるような悪趣味は感じられないが。

彼は、もういちど指を紙にくるんでふところにしまうと、ぶらぶら仲の町から待合の辻のほうへあるいていって、右へおれて江戸町二丁目に入った。

「おや？」

そこで、彼は思わず眼をパチパチさせた。

前をふたりの男があるいてゆく。ひとりはお供らしいが、他のひとりは、デップリふとった五十年輩の、いかにも富裕な町人らしい男だ。すぐにその町人が、いまじぶんが指をきらせた花魁対島の馴染客《なじみきやく》「茅場町の客人」——柏木《かしわぎ》太兵衛だということを知った。大きな材木問屋だが、恐ろしい放蕩者だときいている。が、小吉が「おや」と思ったのは、その太兵衛の腰にあてた左手の小指がないことだった。

いままで、ちらっちらっとどこかで、そのあぶらぎった顔をみたことはあるが、指のないことまでは知らなかった。

（ははあ、てめえに指がねえもんだから、むやみに女郎に指をきらせるのかな）

小吉はくびをふって、笑い出した。

(どうも、指が欲しくなってから、急に指のねえ人間が眼につきやがる)

遊女にはかぎらない。小吉はこのごろ、指のない人間が存外多いことを発見して、面白がっている。怪我もあるだろうし、また遊俠《ゆうきょう》の徒には、「指をつめる」という慣習のあることも承知しているのだが。——

と、彼がゆこうとしている妓楼《ぎろう》——「暖簾《のれん》まで秋を染めたる赤蔦屋《あかつたや》」と川柳に読まれたその赤蔦屋の暖簾をかきわけて、ヒョッコリ、ひとりの老人が出てきた。

はじめ、それを別に妙だと見たわけではない。ただ、妓楼から出てくるにしては、そのまッしろな総髪、頰《ほお》をうずめるまッしろな髯《ひげ》が、少々似合わしからぬと見ただけであった。

それが、その老人が、柏木太兵衛とゆきちがいかけて、ちらっと眼がうごくと、

「水の魚」

たしかに、そういって、ニンマリと笑った。

供と談笑して歩いていた太兵衛は、ドキッとしてたちどまり、老人をみて、はっとした様子である。のどに痰《たん》のからまったような声で、

「魚」

と、こたえた。

そして、あわてておじぎをしたが、あぶらぎった面上に、アリアリと一沫の恐怖がかすめたようだ。そのときすでに老人は、スタスタと待合の辻のほうへ去ってゆく。片手に黒い鞭《むち》のようなものをブラブラとふりながら。……

（へんな爺いだな）

と、小吉は、佇《たたず》んで、見送った。いま、すれちがいざまに、その老人から、なんともいえないふしぎな妖気《ようき》を感じたからだった。

ふたりの町人は、あわてて西河岸のほうへまわっていった。

小吉は、すぐに赤蔦屋の暖簾をかきわけて入っていったが、もうこのときにはいまの奇妙な光景を忘れていた。

「ごめんよ」

若いものが出てきて、いやな顔をした。小吉は恬然《てんぜん》として、

「小式部《こしきぶ》に、勝がきたといってくれ」

「花魁は、いまお客が――」

「フ、フ、いま、おめえがいやな顔をしたとおり、遊ぶんじゃねえ。ちょいと花魁に逢いてえだけなんだ。おめえがとおセンぼをする気なら、おれァかえったたっていいぜ」

「ま、待っておくんなさいよ。旦那は気がみじかくっていけねえ」

若いものはおどろいて、奥へすッとんでいったが、まもなくあらわれて、

「どうぞ、旦那、こちらへ」

と、通した。

うす笑いしながら小吉はあるいていって、その座敷に入った。

唐草《からくさ》の簞笥《たんす》、金梨地《きんなしじ》の文庫、衣桁《いこう》には孔雀《くじやく》の裲襠《うちかけ》がかかり、床の間には探幽《たんゆう》がかかっている。赤蔦屋のお職花魁《しよくおいらん》小式部は、三つ足の獅嚙《しがみ》火鉢の傍で、しずかに巻紙に筆をはしらせていた。

小吉が入ってきたと知っても、ふりかえりもしない。息をのむほど凄艶《せいえん》な姿であった。まえにどっかりあぐらをかいた小吉は、手をのばして朱羅宇《しゆらお》の銀煙管《ぎんぎせる》をとりながら、ふいに、

「水の魚」

といった。小式部の手から、ポロリと筆がおちた。

「図星だ」

と、小吉は笑ったが、恐怖にひろがった小式部の瞳をみると、へんな顔になって、

「おや、どうしたえ？」

「水の魚？」

小式部はかすかにあえいだ。

「魚さ。いまこの見世を出てったへんな爺いが、柏木太兵衛ってえ材木屋によ、水の魚、とかなんとかいいやがった。その爺いがな、この見世のだれンとこに来たんだろうと考えてみると、まずおめえ、小式部太夫よりほかにねえな」

「どうして？」

「なんだかそんな気がすらあ。廓で、あんなへんな爺いがたずねる女といやあ、おめえさんよりほかにねえよ。つくづく、おめえ、へんな花魁だからな、おれァこんな男だから、女郎をひとめ見りゃ、その生まれ育ちまでズバリとわかるが、おめえだけはなんだかわからねえ。――おい、小式部、水の魚っていったら、なぜそんなにびっくりするんだえ？」

「ホ、ホ、ホ、だれだって、急にそんな声をかけられたら、びっくりしんすにえ」

「ちげえねえ！　そいつあそうかもしれねえ。それじゃあ海の魚といったら、びっくりしねえか」

と、ひたいをたたく小吉の様子には、まったくこだわりというものがない。小式部は蒼《あや》い顔で笑ったが、

「小吉さん、またあれをもって来なんしたか」

「うん、持参いたした。きょうは、三本」

「えっ、三本も？　それはまあ、どうして？」

「フ、フ、おれのために指をきってくれた花魁が、三人あったってことよ」

小吉はふところから、例の紙にくるんだものをとり出した。受けとって、片手おがみをする小式部の左手に小指がない。

紙をひらいてのぞいているその妖《あや》しくも美しい姿をながめながら、

「おれァ、これで指を五本買ってもらったわけになるな」

と、憮然《ぶぜん》としてつぶやく小吉に、小式部は顔をあげて、

「小吉さん」

「なんだえ？」

「いま、おまえさんは、わたしをへんな女郎といいなんしたが、わたしよりもおまえさんのほうが、よっぽどへんなおひとでありんすにえ」

「フ、フ、フ、おれのまともじゃねえのァ、とっくに知れたことだわ。なんしろ、座敷牢に入れられているあいだに、女房の腹に子供をしこんだおれだからな」

「そのおまえさんのようなおひとに、よく指をきる女郎もあるものなら、二人、三人、指をきらせて、ケロリとして売りにくるおひともおひと」

「それァ、おめえのように、指を買ってくれる花魁があるからよ。おめえさんが指を買ってくれると聞きこまなきゃあ、だれもひとに指を切らせせやしねえ」

「この指を見ておくんなんし。親からもらったものを、不実な客のためになくしてしまったとおもえば、つくづくとあの小指がふびんでなりんせん。いままでこの廓で、何千本という指がきられたことでござんしょう。そうおもえば、きられた指で指塚をつくり、指供養《くよう》をしてやらねばと――」

「まったく奇特なこころがけだと感服してるんだよ。で、これからも、指をもってくりゃあ、一本十両で買ってくれるかえ?」

「小吉さん」

「あっ、痛えじゃねえか。なんだよ？」

「おまえさんのようにひどいおひとはおざんせん。そりゃ、わたしはたしかに指を買ってあげんすとは申しんした。指塚千本の願も立てんした。けれど、おまえさんのようなおひとにかかったら、本末顛倒《ほんまつてんとう》、なんのための指塚かわかりいせん。それじゃあ、わたしも思い直しんすにえ」

「思いなおす？——では、もう指をもってきてもだめか」

「おまえさん、そうして花魁の指を売って、また廓通いの金にするんでおざんしょう」

「そ、そうじゃねえよ。いや、大きにおれのことだから、そっちに廻さねえにもかぎらねえが、なんだ、へんな話だが、実は女房に子供を生ませようと思ってな」

「え、子供——さっき、座敷牢でしこんだ子供といいなんしたは、そのことでおざんすか」

「さればさ、吉原狂いや喧嘩《けんか》暮しで、二度も座敷牢にたたッこまれたおれだ。くそでもくらえと牢の中で、湯茶はこびにきた女房をつかまえてはらませてやったら、親戚《しんせき》一統あきれけえって、牢の中でつくった餓鬼《がき》なら、どうせ牢に入るような奴ができるだろう。堕《おろ》せ、堕せとぬかしやがる」

「まあ」

「いうにことをかいて、とんでもねえことをぬかしゃがる。べらぼうめ、こうなりゃおれも意地だ。立派に子供を生ませてみせる。……とりきんだものの、四十一俵の安御家人のところへ養子にやられたこのおれだ。わるいことに、はらんだ女房のからだがどうもよくねえ。この秋から医者にかかりッとおしだ。金はねえ。いやな目を見せどおしだから、身寄りはみんな知らん顔だ。おまけに、やっとうよりほかに、とんと芸のねえ小吉さ。まさか押込辻斬りもできめえ。そこへ、おめえが、指を買ってくれるという話をきいたのよ」

「まあ、そういうことでありんしたか。それで、ややはいつできるんでおざんすえ」

「年があけてからのことだろう。名もちゃんとかんげえてある」

「ま、なんという？」

「麟太郎《りんたろう》、勝麟太郎。いい名だろ？　麒麟児《きりんじ》の麟さ。そういったら、親戚一統《いっとう》、みんな腹をかかえやがった」

「それあみんな笑いんすにえ。だいいち、生まれるのが男の子とは、まだきまっているわけではおざんすまいに」

「だって、おれから女の子が生まれるなんて可笑《おか》しいよ」

勝小吉、単純しごくな顔である。

小式部は、じっと小吉を見つめた。

冷たい凄艶な眼に、ほのかに人間的なうるおいがひかってきたようだ。

「……やっぱり、小吉さん、花魁がおまえさんに惚れんすのもむりはないと思いんす。あなたは、いいところがありんすねえ。……」

「何いってやがる。それじゃまだ指を買ってくれるかえ？　いや、もうお女郎の指はもってこねえよ」

「え、それでは、だれの指を」

「実はな、いくらやくざなおれだって、女房のお産の費用に女郎の指をつかうってのァ、どうもおかしいとは思ってたんだ。気もとがめるし、そんな罰あたりなことをしちゃあ、とてもキリン児は生まれそうにねえ。……いま、思いついた。こんどは野郎の指をもってくる」

「男の指を？　どうやって？」

小吉は、あごをなでて、ニヤニヤ笑った。

「ふん、芸は身を助く、おれにも出来る金もうけの口が、あるもんだなあ。辻斬りのたぐいじゃあねえから、心配するな。まあ、指をもってきたら、買ってくれ」

「それでは、この指のお金を」

と、小式部はたちかけて、ふと小吉を見おろした。

「小吉さん、あの……もし、さっきのお爺に逢いなんしても、まちがっても、魚、などと呼びかけては下さんすな」

「え、なんだ、さっきのことか。い、い、いってえ、あれはどうしたってわけなんだ」

小式部の眼は、さすがの小吉もぞっとするくらい森厳《しんげん》なものをたたえていた。

「どうぞ、それはきかないでおくんなんし。あなたの身を案ずればこそ申しんす。ひょっとして、そんないたずらから、恐ろしいまちがいでも起ると悪うおざんすにえ。……」

切る指は血の出る金もとる気なり

——何とぞ、一手、御指南たまわりたい。

下谷の伊庭《いば》道場といえば、門人帳をとじるのに、それだけの錐《きり》がなくて、わざわざ特別に註文してつくらせたといううわさのあるほどの大道場。

そこに、ブラリとあらわれた若い御家人風の侍が、ひどく気楽な顔で、これにつづけて、

「ただし、拙者、ひどく鈍骨《どんこつ》でしてね、竹刀《しない》の稽古では身にしみません。どうか真剣で御指南下されたい」

といったから、とりつぎに出た門人がおどろいた。

おどろくことはない。実はここのところ、神田猿楽町《さるがくちょう》の岡田道場、四谷の平山道場、その他、中西、白井など、江戸の錚々《そうそう》たる道場は、軒なみにこの御家人の訪問をうけて評判になっているのだが、このとりつぎに出た門人は、よほどモグリだったとみえる。

「御姓名は」

ときいて、

「負野大吉《まけのだいきち》」

という返事をきいても、まだ気がつかなかった。

事実、この門人は岩谷武右衛門といって、奥州某藩切っての剣豪といわれ、いよいよ腕を江戸の剣風でみがこうと、ほんのこのあいだ江戸に上って、伊庭道場に入門したばかりだったのである。

「ははあ、真剣でな」

おどろきがしずまると、こう問いかえして、ジロジロと相手を見あげ、見下ろした。たぶさをちょッとよこにはねて、ぞろッとした着流し、細身《ほそみ》の大小の落し差し、雪駄《せった》ばき――この雪駄というやつが、この道場では鬼門となっている。主の伊庭軍兵衛は、この雪駄を柔弱武士の象徴として、門弟には一切厳禁し、江戸の往来をみるからに粗暴《そぼう》豪快《ごうかい》な風をしてとおる者があると、あれは伊庭の門人だと噂されるのを、何より満足に思っているくらいの人だったからだ。

(こいつ、ハッタリをかけて、金をせびりにきたな)

と、岩谷武右衛門はかんがえた。

「よろしい、御相手しよう。上らッしゃい！」

相手はニッコリとした。こいつ、きちがいかな。

幸か不幸か、主の軍兵衛は他出していた。が、のこっていた門人の中には、むろんこのぞろッぺいな身なりの御家人をみて、さっと顔いろをかえた者がある。

(団野の小天狗!)

本所亀沢町の団野源之進といえば、のちに剣聖男谷下総守《おだにしもうさのかみ》にあとをゆずった直心影流《じきしんかげりゅう》の名人、その道場で小天狗といわれる勝小吉を知らないほうがどうかしている。

これは、こまった男が来た。——と思っているうちに、岩谷武右衛門、道場のまんなかに仁王立ちになって、

「かたがた、このお方はの、生来鈍骨で、竹刀の稽古では身にスみぬ。スン剣でスン南をたのむとのことじゃ。こりゃ江戸にきて、スッ者もはズめて、快いことばをきき申スた。その言葉どおり、これからスン剣でス合をいたすが、万イッ、刀にハジミのついたるときは——」

すらっと大刀をぬきはなった。

「ス骸《がい》の引受人はあるか、きいておこう!」

小吉、おじぎをした。

「さあ、あたしが死んだらねえ。左様、日本堤《つづみ》の道哲寺《どうてつじ》へもってきゃあ、ひきとってくれるはずで——」

道哲寺といえば、俗に投込寺《なげこみでら》ともいい、廓で死んだ遊女、または死にかかった女郎をほうりこむ寺だが、武右衛門はそんな知識がなかった。

「ウム、日本ギチミの道テチ寺！　よろしい。おおりゃっ」

さっと、道場のまんなかに、ふたり、相対して立つ。

むろん、これには胆《きも》をつぶしてほかの連中は羽目板《はめいた》の下にかたまり、かたずをのんで見まもっている。こうなっては、小吉を知るものも、彼は直心影流、こちらは心形刀流、もはや面目にかけてもとめるわけにはゆかない。

「やあ！」

無造作な青眼のかまえのまま、勝小吉はズイと寄る。

ほかの者の眼には、その白い片頬によどんだ明るいえくぼがみえたが、岩谷武右衛門の顔いろはさあっと変ってきた。細身の刀身のむこうに笑う相手の眼の光芒《こうぼう》、まるで妖しい炎のごとくこちらのひとみを眩《くら》ませて、そのとき、ついと横にそらした剣尖《けんせん》に吸いこまれるかのように、

「た――っ」

と、おどりかかろうとした瞬間――あがった柄の左こぶしへ、すくいあげるように飛

んできたひとすじの流星。

岩谷武右衛門の手から刀がとび、右手で左手の指をにぎって、どどっとよろめく。ほそい血の糸が、さっと床に噴射された。

「ま、参った！」

「失礼」

と、小吉は片ひざをついて、おじぎをして、ぱっととびさがったが、この刹那《せつな》、眼にもとまらず、床のうえから何かをひろったようだ。

「水だ！」

「血留だ！」

まるくなってうめいている怪我人にたかっている門人たちの姿を、道場の人口に立ってみている小吉の片頬に、さっと微笑がかすめた。

「音にきく荒道場も、廓も、おんなじことだわえ」

一同が、斬られたのは左手の小指一本で、その斬られた小指がどこをどうさがしてもないことを知ったとき、小吉は例のふところ手の姿で、ブラリと初春の御徒町《おかちまち》の往来をあるいていた。

（花魁荒らしのつぎは、道場荒らしか。ふふん。おれにも存外芸があるぜ。……）

ものの半町もあるかないうちに向うから飄然《ひょうぜん》とやってきたひとりの宗匠風《そうしょうふう》の男が、立ちどまって、

「よう、勝の旦那、いやにニヤニヤ笑って歩いているが……」

と、むこうの伊庭道場をすかしてみて、

「また、指をせしめたね」

「これは河内山《こうちやま》」

なるほど、ここは練塀小路《ねりべいこうじ》。

「知ってるか」

「知ってるどころじゃあねえよ。可哀そうに、智慧《ちえ》が足りねえとみえて、やり方が少し荒ッぽいな」

「おめえのような悪智慧はねえよ」

「ははは、やッとうで指をとるのァともかく、花魁から指をあつめるなあ、いくらなんでも荒っぽすぎる。だがな、勝さん、おめえさん、まだ腕きり頭巾《ずきん》の話をきいたことはねえかえ？」

「腕きり頭巾?」

「あ、やっぱり知らねえ。おめえさんほどはげしかねえが、ポツリポツリと、去年の秋ごろから、往来の人間の腕をきる浪人風の奴がいるんだぜ。奉行所のほうでも、いま死物狂いに探ってら」

「ふうん、そいつあ知らなかった。これァあんまりひとさまを笑えねえ」

「おれァおめえさんの噂をきいたとき、ひょッとしたら……と思ったくれえだ。ただ、そいつのやりかたあ、これっぽっちも可笑しみがねえから、ちょっとちがうな、とくびをふったがね。まちげえられちゃあうるせえよ。用心しな」

河内山宗俊、初春の風に青いあたまを吹かせて、ブラブラといってしまった。

「腕きり頭巾。……」

もういちどつぶやいて、ボンヤリ見送っている勝小吉のうしろからひくい声がそっとかかった。

「もしっ……」

ふりかえって、小吉は眼を見張った。

旅装束《たびしょうぞく》の美しい娘である。しかも、あきらかに武家の娘である。

はじめてみる顔のはずなのに、小吉は、この一瞬、なぜか、たしかにどこかで見たような気がして、思わずひとなつッこい笑顔になった。

「え」

「水の魚」

と娘はよびかけた。

「な、なに？　水の魚？」

手を切ると腕を切るとは大ちがい

「な、なに？　水の魚？」

と、勝小吉、思わず大きな声を出したが、すぐに澄まして、

「うむ、魚」

と、こたえた。

さっき宗俊に笑われたように、じぶんでもあんまり智慧のある方とは思っていないが、それでも去年の春、吉原江戸町二丁目の赤蔦屋のまえで目撃したあの怪老人と、

「茅場町の旦那」とのあいだに交わされたふしぎな問答がよみがえったのだ。生来のいたずらッ気が、ムクムクと胸にわいて、

「魚も魚、まぐろに鯛《たい》じゃ」

娘の顔に、ふっとけげんな表情がはしったのをみて、しまった、と思った。

同時に、この娘の顔をどこかで見たような気がした意味を知った。いまのけげんそうな表情が——なんと、赤蔦屋の小式部にそっくりなのだ！　それでは、この娘は、小式部の妹なのか？

「いや、これは冗談だが、姉上をさがしておられるのではないか」

と、やってみた。はたして娘の顔に喜色が浮かんだ。

「は、はい。——姉を御存じでいらっしゃいますか」

「存じておる」

「姉はどこにおりましょう？」

ちらっと横眼で、娘を見た。姉は吉原にいる。しかし、そのことをこの娘にうちあけていいか？　わるいか？　みればこの娘はみるからにきよらかな武家の娘ではないか。

「それは、ちょっといいにくい」

といって、小吉はブラブラあるき出した。娘は、不安そうについてくる。

練塀小路から、下谷御成街道《おなりかいどう》に出た。そこから、神田川の方へあるきながら、

「みれば、旅装束をしておられるが、どこから参られたね」

「大坂でございます」

「ほう、それはまた遠くから――」

と、いって、ふとへんな顔になり、

「あなたは、拙者を何者だと思っておられる」

「はい、小普請組《こぶしんぐみ》の勝小吉さまと――」

「おどろいたな、これは。拙者の武名は大坂までとどろいておるか」

「いいえ、江戸に参って、はじめてきいたのでございます。道場荒らしの小指をきってあるくお方がいらっしゃると――それで――もしやしたらと――」

「もしやしたら？」

「あの九鬼右近《くきうこん》というお方のお仲間ではなかろうかと」

「うむ、九鬼右近、あれか――」

小吉、さきに立ってあるきながら、しきりにまばたきをしている。

「やっぱり御存じでございますね。姉を御存じだと仰せられますもの。——もしっ、姉はどこにいるのでございます？　あの右近さまは、恐ろしいお方でございます。もしかしたら、姉はつらい、かなしい目に逢っているのではございますまいか？」

「ううむ、それはあまり倖せな境涯《きようがい》とはいえぬが——」

そのとき、娘ははっとした顔色になって、

「ああ、あなたは右近さまのお仲間だと仰せられましたね。どうぞ、どうぞ、人の指をきることはおよしになって下さいまし。おねがいでございます。……」

小吉は、めんくらった。

「それァ、あんまりほめた話じゃあねえが、ほかにおれは金になる蔓《つる》を知らねえからね……」

「ああ……」

と、娘は、悲鳴のようなあえぎをもらした。

「やっぱりあなたは、お金のためにあんなことをなすっていらしたのでございますね。してみると、右近さまの——」

小吉は、だんだん腹をたててきた。

おれの子を、おれの女房に生ませるために金が要るんだ。その金を手に入れるために指が要るんだ。その指は、刀にかけておれの腕で取る！……それをまあ、この女《あま》ッ子め、大阪くんだりからとび出してきて、何の縁があって、こうキャアキャアさわぎやがるんだ。

しかめッ面《つら》をしたが、思いなおすと、この娘の相手になったおれが悪い。

しかし、水の魚、そりゃなんだ？　あの怪老人と小式部の素姓はなんだ？　それから九鬼右近とは、いってえ何者だ？

暮れるにはやい冬の日ざしは、いつしか冷えびえと水色になって、小吉はじぶんが柳原の土堤《どて》をあるいていることを知った。

神田川に沿って、筋違橋《すじかいばし》から和泉橋へむかってつづく長い土堤、ここはずーっと大きな柳が生えていて、夜になると、手拭《てぬぐ》いで顔をつつみ、蓙《ござ》をかかえた夜鷹《よたか》などが出る寂しいところ。

「もしっ」

娘は、必死の声でまた呼んだ。

「姉のいどころを、どうぞ教えて下さいまし！」

その哀切な声、ふだんの小吉なら、ここらであっさり白状したろう。しかし、このとき彼は、はたと立ちどまって、向うをみた。娘はまだ小吉ばかりを見つめながら、

「では……教えて下さらぬなら、よろしゅうございます。ただ右近さまか姉にお逢いになりましたら、大坂から、東町奉行所与力の大塩《おおしお》平八郎さまが、水野《みずの》軍記《ぐんき》さまを追うて江戸に下られましたと――お柳《りゅう》が申していたと伝えて下さいまし！」

小吉は、まだ冬の夕靄《ゆうもや》の彼方をすかしている。

その方から、トボトボとあるいてくる女二人、手拭いで顔をつつんで、莚をかかえて、いうまでもなくはや出没しはじめた夜鷹らしいが、その向うからヒタヒタとせまってくる影が、ただものではない殺気の尾を曳《ひ》いている。女たちは、まだそれに気がつかない――。

「……ぎあっ」

突如、化猫のような悲鳴が裂けたと同時に、二人の夜鷹は左右にのけぞっている。そのあいだから、路上に、二本の腕がころがりおちた。

一瞬のまに、ならんであるく二人の女の左右の腕を斬りおとしたのだ。――とみるまに、ぱっとそれをひろいあげて立ちあがった影のまえに、宙をとんだ勝小吉、すッくと

立った。

「おい、むげえことをするじゃあねえか？」

影は、凝然《ぎょうぜん》として小吉と向いあった。右手に垂れた刀身、左手にぶらさげた二本の生腕から、血の糸が地に音をたてている。左右の草むらからあがる身の毛もよだつような断末魔のうめき。——夕靄の中に、朦朧《もうろう》として浮き出してきた姿は、小吉とおなじように黒羽二重の着ながしだが、枯木のようにヒョロリとやせて、その面をつつむ宗十郎頭巾。

はっとした。

「やあ、腕きり頭巾だな？」

影の左手から、二本の腕がおちた。

「ふ、ふ、ふ、お前も腕をなくしてえか？」

しゃがれたふくみ笑いとともに、徐々にその剣尖《けんせん》があがってゆく。——小吉、ぶるっと大きく身ぶるいをした。実にこれは、何とも凄《すさま》じい使い手だ！　身ぶるいしたのは、恐ろしさより武者ぶるいで、

「面白い！」

あかるい声がとんだと同時に、きえーっと夕靄をきってふりおろされる光芒《こうぼう》、かっと火花がちったのは、小吉が抜き合わせたのだ。ぱっととびはなれて、

「そっちは腕きり名人か。おいらは指きり名人だ。それじゃあおいらに分がわるいから、おめえとおなじに宗旨《しゅうし》変《が》えをするぞ！」

とさけんだとき、立ちすくんでいたお柳が、突如、

「あっ、右近さまっ」

と、絶叫した。

その直前に、ふたりの男は、ふたたび猛然と行動を開始していた。かみ合う刀身のあいだにつッ走ったこの声、それがどれほどの狼狽《ろうばい》を一方にあたえたか。

「しまった！」

と、さけんだのは勝小吉。さけんだのは小吉だが、たかく刀身をあげてとびぬけたあとに、腕きり頭巾のからだが棒立ちになったかと思うと、刀をにぎったままの右手が血しぶきとともにおちて、どっとその上にころがった。

「いけねえ、ほんとは指だけのつもりだったが、わきからへんな声を出すものだからつい腕まで斬ってしまったじゃあねえか」

と、小吉が顔をしかめてつぶやいた。しかし、あの声がなかったら、こっちが危なかったかもしれぬと思う。

「だが、右近だと？　こいつが、九鬼右近ってえのか？」

お柳は、夕闇の中に、梨の花のような顔いろになって、立ちすくんでいた。彼女は、はじめて小吉が九鬼右近とは無関係の――したがって、じぶんとは無関係の男であることを知ったのである。

小吉は、照れた。

「右近さま！　右近さま！」

お柳はがばと崩おれて、もがいている九鬼右近にすがりついた。右近はうめきつつ、

「お柳どのか」

「右近さま！」

「お藤は、吉原にいる。赤蔦屋で遊女になっておる。……」

「えっ、姉上が！」

「たのむ、そこの腕二本……いいや、わしのこの腕と合わせて三本……はやく、あれのところへもっていってくれい。……」

「まだ、まだそんな！」

「いや、小指だけでいいのだ。小指を断って、さあはやく――」

というと、ガクリと頭巾につつんだあたまを地におとした。

関守は手のある鳥と気がつかず

小吉はポカンと立っている。なんだか、ひどく具合がわるい立場である。暗くなった地上の、三つのうめき声はたえた。……お柳も死んだようにうごかない。

ややあって、

「お柳さんとやら」

と、咳《せき》ばらいをしていった。

「なんだかわけがわからねえが……その腕きり頭巾もいっていたことだ。指を断って、姉上のところへもっていってやるがいい」

コソコソとにげかけたが、娘がまだ凝然として地に坐ったままなのに、やっぱり立ち去りかねてもどってきて、

「おい、指を切らねえなら、おいらが切ってもってくぜ」

と、いった。

お柳は顔をあげた。闇の中に、燐《りん》のように眼が青くひかった。

「勝さま。……あなたさまが指をほしがりなされますのは、なぜでございます?」

「それか。実は……女房のお産のまじないでな」

「え? お産のまじない?」

小吉は、しきりに後頭部のあたりをなでまわした。しかし、こうなっては正直にうちあけるよりほかに、この娘に申しひらきができないことも事実だ。

「その、なんだ、拙者は貧乏で、女房にお産をさせる金がない。ところが、吉原は江町二丁日赤蔦屋の花魁小式部が、指を一本につき十両で買ってくれる。されば……」

と、いいかけて、ふっとお柳を見つめ、

「その小式部が、どうやらおまえさんのさがしている姉上らしい」

「ああ、やっぱり!」

「どうだ、おいらがそこへ案内してやろうかね?」

お柳は小吉を見あげ、また九鬼右近を見下ろした。が、やがて意を決したかのように

立ちあがって、

「おつれ下さいまし。おねがいでございます。……」

「それでは、参ろう」

と、五六歩ゆきかけて、ふとふりかえり、

「お、指は要らねえのか?」

と、野放図な問いをなげたが、お柳は顔をそむけたきり、返事もしなかった。

小吉は苦笑して、サッサと歩き出す。浅草御門から柳橋へ出て、猪牙船《きよき》で聖天下山谷堀《しようでんしたさんやぼり》にかけつけるつもりだった。

が、あるきながら、うしろについてくる娘に、ふと、

「九鬼右近とは、その……小式部の亭主じゃあねえのかね?」

「左様でございました……」

「ふうん、亭主は腕の辻斬り、女房は花魁になって指あつめ……奇態な夫婦もあったものだな。どうも小式部の指供養など、うなずけねえふしがあったよ。なんのために指をあつめる?」

そのとき、うしろから、迅《はや》いいくつかの跫音《あしおと》がきこえた。ふりかえるいとまもない、

まるでぶっつけるようにとんできた二挺の駕籠《かご》。

「あぶねえ、気をつけろ！」

さけんで、娘を抱いて横にとんだ勝小吉の耳に、駕籠の中から、しゃがれた声がきこえた。

「水の魚。――」

娘のからだが棒のようにかたくなった。はっとして小吉が、

「やい、待て！」

と、そのあとを追おうとして、ふいに立ちどまった。

いつしか霽があがって、うすい月光が地に這《は》っている。その地面に黒くトロリとしたものが、糸のようにうすびかって――いま去った二挺の駕籠のひとつから垂れていったものにちがいない。

「お柳さん、待ってくれ。いいか、すぐ吉原へつれてってやるから、ここで待ってるんだぞ！」

いいのこして、小吉はもとのところへはせもどった。

果せるかな、さっきの土手の上には、九鬼右近の姿はなかった。ふたりの夜鷹の屍骸《しがい》

はのこっていたが、右近に斬られた二本の腕はもとより、屍骸の片腕の小指も斬りとられてきえていたのである。

してみると、あの駕籠の中には、死んだか生きているか、血みどろの右近と、三本の腕、二本の小指が、魔王の肉籠《にくかご》さながらにつめこまれていったのである。

さすがの勝小吉が、その酸鼻《さんび》さに、頭髪も逆立つような思いがした。

「野郎！」

うめいて、ふたたびとってかえすとお柳の姿がない。さっきの駕籠はたしかにさきにかけ去ったから、それにさらわれたものとも思えないが、それではいまの例の、奇怪な呪文《じゆもん》におびえて、みずから姿を消したものか。――

二度、三度、声たかく呼んであたりをかけまわったのち、小吉は疾風のように柳橋の方へはしり出した。

柳橋の船宿から猪牙へとびのる。矢のようにとぶ猪牙の上で立小便ができるくらい元手のかかった勝小吉だ、たちまち待乳山《まつちやま》から山谷堀にのりいれると、土手にとび上り、八丁の夜風をきって大門にかけこんだ。

江戸町二丁目の赤蔦屋ののれんをかきわけてとびこんでみると、案の定。

階段から小式部がおりてきた。手をひいているのは、あの――いつかこの見世のまえで、柏木太兵衛に「水の魚」というふしぎな声をかけて去った怪老人。のちにきくと、この老人は突然やってきて急に小式部を身請けすると大枚の金をつんでつれ去ろうとしていたところだったそうな。

もっとも、いくら大枚の金をつんだところで、廓には廓の法がある。赤蔦屋の亭主もめんくらい、拒否しようとしたらしいが、その老人の名状しがたい眼光の妖気に射すくめられて口もきけなくなったそうな。

――とは知らないが。

「そうじゃあるめえかと思っていた」

土間につっ立ったまま、鞭のようにさけんだ勝小吉。

「さっき、腕きり頭巾をさらい、駕籠から妙な声をかけていったのは、おめえだな？」

「若僧、そこどけ」

と老人はむしろ沈痛な声でいった。

「どかねえ、おい、小式部、おめえの妹がおめえを案じて江戸をさがしまわっているぜ」

「えっ、お柳が！」

と、小式部は思わずのけぞった。

「よくわからねえが、おめえ、とんでもねえ一味に加わっているらしいな。よせ、大坂から与力も追っかけてきてるってことだ」

小吉のいう一語一語が、どれほどふたりの胸に深刻で正確な打撃をあたえたことか。

——老人と小式部の顔いろは蠟《ろう》のように変った。なかでも、死人さながら、身の毛もよだつような形相になった老人は、

「だまれ、若僧、要らざることにくちばしをいれて、あたら末ながい命を失うな！」

「何いってやがる、くせえ、てめえら、なんか死人の匂いがするぞ。これでも直参《じきさん》の勝小吉、この手でとっつかまえて、奉行所へさし出してくれる！」

飛鳥のようにおどりあがった。

老人の片頬に凄絶《せいぜつ》な笑いがはしった。例の黒い鞭のようなものをもった手があがる。

「やるかっ」

小吉の刀身が鞘《さや》ばしるよりはやく、びゅっとうなりをたてて頭上からふりおろされた鞭。小吉、ぱっとはらいのけようとした。——いや、はらうはたしかにはらったが、鞭

は鋼《はがね》だった。

それは蛇のようにしなって、その尖端が小吉の首すじをびしっと打撃した。

「…………」

小吉、声もなく、そのまま、どどっと階段からころげおちた。

不覚とも何ともいいようがないが、頸動脈《けいどうみゃく》を打撃されて、かるい失神を起したのだ。——それは思いがけない恐るべき武器であり、予想外の凄じい手練であった。

そのまま、小式部の手をひいて、老人はしずしずと下りてきて、気絶している小吉の傍に立った。その眼にめらっと殺気の炎がもえている。

「……いいえ。それより、はやく」

わずかに、小式部がいった。

老人は、じろっと、まわりに立ちすくんだ赤蔦屋の亭主や若い者を見まわした。

「みなのもの、さわがぬがよい」

ぞっとするような声で威嚇しておいて、小式部の手をひき、悠々と見世を立ち去っていった。

どうしょうの相談をきく矢大臣

勝小吉はひとりで息を吹きかえした。それまで階段の下にころがったきり、放りっぱなしにされていたらしい。

何しろ「花魁荒らし」の異名をとって、女郎屋の鼻つまみだから、これくらいの目にあってもしかたがないが、それより惨澹《さんたん》たる思いは、あの怪老人の一撃に絶息したこと。――天空海濶《てんくうかいかつ》の性ながら、「団野の小天狗」といわれるだけあって、その道のきびしいことはよく知っているつもりの小吉だが、これほどぶざまな醜態をさらしたのは、はじめてだ。

「ザマはねえ」

苦笑して、ヨロヨロと柱にすがって立ちあがった。

――と、どうもあたりの気配がおかしい。単に、右の事情で放擲《ほうてき》されていたのではないらしいと気がついた。

キョロキョロと見まわすと、向うの隅にみんな集って、神妙にひかえている。そのなかで、きびしい訊問の声がきこえる。

「小式部という遊女はいつごろこの見世に入ったか」とか、「平生の挙動に、他の遊女と変ったところはなかったか」とか、「客の中に単に嫖客《ひょうかく》とはみえない者はなかったか。――」とか。――

そこで、誰かが勝小吉の名をあげたらしい。小吉、あれあれと思った。

つかつかと、人々をかきわけて、一人の武士が出てきた。年のころ三十一二歳、細長く、蒼白い顔に、眉は濃く、眼は大きくてするどい。

「拙者、大坂東町奉行所与力、大塩平八郎と申す」

「小普請組、勝小吉です」

と小吉は弱っている。

「なに御直参か？」

と相手はちょっと意外だったらしいが、すぐにきびしい調子にもどって、

「役目を以てお伺いいたす。当赤蔦屋の小式部という遊女に不審《ふしん》の儀あり、それについて、貴殿はしばしば、嫖客としてでなく小式部のところへ参られたとのことじゃが、いかなる用でござったか？」

「は、実はその指を買ってもらう用で――」

「なに？　指？」

大塩平八郎の眼が、凄じいひかりをはなったので、小吉はあわてて、じぶんがなぜ指を欲しがり、又指をどこから得てきたか、汗だくになって証明した。

はじめ平八郎は、疑惑にみちた眼を小吉の面上から容易にはなさなかったが、それでも次第に彼の言葉を信じてくれたらしい。

「たわけたことを――」

と苦笑した。

やがて平八郎は赤蔦屋を出た。冬というのに、廓は今宵《こよい》も春のようなにぎわいだ。大黒の面をつけた男と、弁財天《べんざいてん》のぼて鬘《かつら》をつけて女装した男が、三味線もちをつれてあるいてゆく大黒舞の姿がみられるのも、一月の吉原特有の風物詩だが、平八郎はそれも眼に入らないらしく、腕ぐみをしたまま、大門の方へあるいてゆく。

「大塩どのとやら」

と、うしろから声をかけたものがある。ふりかえると、さっきの御家人が、ケロリとした顔でついてくる。

「甚ださしでがましいが、拙者にお手伝いさせてもらえませぬか？」

「………」

「水野軍記をとらえるお役目」

「御存じか？」

と平八郎はさけんだ。

「貴公、水野軍記という男を……」

「鞭をもった白髪の爺《じじ》いでしょう」

「それが水野軍記だとなぜ知っておられる？」

「さっき、その鞭で眼をまわされましたからな。いくらばかの小吉も、あんな目にあわされれば、それくらい頭がまわるようになる――」

と小吉は苦笑いした。

「実は、或る女から、大塩平八郎どのが水野軍記を追って江戸に下られたときいたので
……」

「或る女とは？」

「小式部の妹」

「や？」

と平八郎はまじまじと小吉を見た。この無頼な御家人が容易ならぬほど、じぶんの追っている事件に身を入れていることを知ったのである。

「貴公、小式部の素姓を知っておられるのか」

「九鬼右近の女房でありましょう。右近は、さきごろより、腕きり頭巾として江戸の夜をおびやかしていた曲者《くせもの》」

「右近はどこにいる？」

「拙者が斬りました」

「いつ、どこで？」

「先刻、柳原の土手で。……ただし死んだか生きたか、あの水野軍記がはこび去りました」

「そ、そのことを、もっとくわしくおきかせねがいたい」

大塩平八郎と小吉は、しきりに呼ぶ四手駕籠の声も耳に入れず、日本堤から袖摺《そですり》稲荷《いなり》、田町、砂利場《じゃりば》とあるいていた。

「ところで、水野軍記とは何者です？」

と、小吉がきいた。

「肥前唐津の浪人と申すが――」

平八郎はいつしか小吉を信頼する気になったが、なお声をひそませて、

「寛永の島原の変、あの謀反の一味の裔《すえ》らしゅうござる」

「あ……切支丹《キリシタン》！」

さすがの小吉も、愕然《がくぜん》たる声をつッぱしらせる。

「されば、天帝《ゼウス》とやらの画像をひそかに所持し、表面は豊国神と称する祈禱所《きとうしょ》を京都八《や》坂《さか》に設け、愚夫愚婦をまどわすのみか二条家、閑院宮家《かんいんのみやけ》にまでとりいっている様子……」

「九鬼右近は？」

「その弟子」

「その弟子が、なぜ腕きり頭巾に……」

「指をあつめろと、軍記めのいいつけらしい。去年、上方でも腕をきられる者、指をきられる者が、おびただしい数に上ったものであったが、それを不審に思ってこちらが眼をつけると、江戸ににげおった……」

「なぜ指を？」

「それがわからぬ。そこが邪教……と申したいが、拙者は、実は水野軍記めが真に切支丹であるかどうかをうたがっておる」

「では？」

と、小吉が混迷におちいって、顔をあげると、平八郎はかすかに声をふるわせて、

「ただ、与力としての勘でそういう感じがいたす。京大坂でもこの指のないものどもを数十人あまり捕えたが、このうち、あきらかに軍記と縁なきもの、腕きり頭巾に斬られた者をのぞいて、この妖教の一味とみられる者は、問えば必ず舌をかみきって自ら落命いたすが……」

「ふーむ。……」

と小吉はうめいた。あの小式部も指がなかった。まさか亭主の右近に斬られたものではあるまい。してみると、その一味は指のないことが信者のしるしででもあるのだろうか。また自らの指のみならず、多くの指をささげることが、その天帝とやらへの犠牲《いけにえ》なのであろうか。

「水の魚とは、その一味の合言葉でありましょうか」

「されば、水のとは水野にかけたものであろう。魚とは、異国で、異国の文字で、イエ

ス・キリスト、神の子、救い主という呪文をかけば、その文字に魚ということばが入っているとか。島原の切支丹の中にも左様な合図をかわしていたものがあったと、拙者、古い書き物をしらべて、知り申したが」

小吉は、いつかのあの小式部の森厳な眼を思い出した。

「……まちがっても、魚などと呼びかけて下さんすな。あなたの身を案ずればこそ申しんす。ひょっとして、そんないたずらから、恐しいまちがいでも起ると悪うおざんすにえ……」

奇怪な恐怖にみちた秘密結社の誓いというべきか、秘儀というべきか。

このとき、小吉のあたまに、ピカリとひらめいたことがあった。

「茅場町の客人」柏木太兵衛。——あれも、一味だ！

しかし、あの大放蕩者、恐ろしい好色漢、あれまでがその一味であろうか。あの小式部、あの右近、あの水野軍記にみられるような妖気とはだいぶ肌がちがう。

「ひとり、つかまえても、死にそうもないへんな一味の奴を存じておるが……」

と、小吉はつぶやいた。夜の金竜山《きんりゅうざん》浅草寺《せんそうじ》、矢大臣門の裏であった。

聖天《しょうでん》は娘の拝む神でなし

それより半刻《はんとき》ほどまえ——。

茅場町の材木問屋柏木太兵衛方に一挺の駕籠がかつぎこまれた。かついできた駕籠かきは、すぐに風のように去った。

その駕籠の垂れにさしこまれた一通の書状の表に、ただ小さく魚の絵がかいてあるのをみて、太兵衛の顔色がかわったが、その中をひらいてみてからとった彼の行動はさらに奇怪だった。

彼は、その駕籠のまま、離れにはこぶことを店のものに命じたのである。ひろい庭の樹々の中にある離れには、彼が誰にも入ることをゆるさない一室がある。二年ばかりまえから彼が信心しはじめた神が祭ってあるということだが、奉公人は、主人がここにしばしば若い娘をひきずりこむことを知っている。

駕籠はその離れにかつぎこまれ、店のものが去ると、太兵衛は重い杉戸をピッシャリしめて、駕籠の垂れをまくりあげた。

猿ぐつわをかまされ、うしろ手にしばられた若い娘がグッタリと失神している。……

彼はそれをひきずり出して、猿ぐつわをといた。清純で、息をのむほど美しい娘だ。太兵衛はふところから、さっきの書状をとり出し、それと娘の顔とみくらべていたが、やがてしだいに眼がぶきみな光をはなってきた。

絹行燈《あんどん》がけぶるように祭壇を照らしている。金色の祭壇はいかにも設けてある。しかし、そこにかけられた一枚の画像は大聖歓喜天《だいしょうかんぎてん》であった。

もっとも、日本で聖天《しょうでん》を祭るのは、浅草待乳山の本竜院をはじめ無数にある。が、これは仏のかげもとどめない、あきらかに男女和合の図とみられる極彩色の秘画であった。

太兵衛は娘を、そこに敷きつめてあった厚い真っ赤な縮緬の夜具の上によこたえると、グルリグルリとそのからだをまわして帯をといていった。……それから大の字にして、二本の手くびを、夜具の四隅にある紐にくくりつけた。

むき出しにされた乳房を、汗にねばつく掌《て》につかまれて、娘はふっと眼をひらいた。

――お柳である。

「あ……」

顔に覆《おお》いかぶさるような醜怪な顔をみて、彼女は愕然としてはね起きようとする。その手足が大の字なりにうごかないことを知ると同時に、彼女はじぶんのきものの帯紐がすべてないことを知った。

柳原の上堤のつきたところ——闇の中で、突如としてうしろから鼻口をおさえられ、そのまま失神したことを思い出すいとまもない。

「だれか……」

必死にさけんだ。

「ウフフフフ、だれも来ぬわい。ここは聖天さまの見てござる極楽」

と、太兵衛は眼をほそめた。

「お、おまえさまは！」

「ウフフフフ、天帝のつかいじゃ。さあ、いっしょにセンスマルハライソの陀羅尼《だらに》をとなえようぞ……」

彼はこういいながら、グリグリと娘の乳房をもんでいた。お柳はそりかえり、身をもみねじった。そのたびに、肌はいよいよあらわになり、真っ白な腹部まであらわれてゆく。

「いや、いやです、この異教徒《ゼンチヨ》！」

「異教徒？　あはははは、これは軍記さまのおいいつけじゃわ、そうれ、ここに御書状がある。豊国神をしんから信心せぬ奴はこうしてこの世ながらの天国を味わわせ、その御功徳のありがたさを知らせてやれとな。……」

身もだえする娘の胸から腹へ、芋虫《いもむし》みたいな手が這いまわり次に唇が這いまわった。娘は泣くような声をあげた。

「可愛いや、もがくわもがくわ。じゃが、きけよ。おなじ豊岡神の信者にも二つあることを知らないか。一つはおまえのような切支丹、それも信心の度がすぎると、あの右近や小式部みてえなきちがいになる。もう一つは、おれのように指さえきれば仲間に入れてもらって、この世の天国《ハライソ》のたのしみを味わわせてもらえるのだけが御利益と思う人間。……そっちで軍記さまに不信心の気をおこすと、こっちの天国《ハライソ》にひきずりこむ。こっちの組でこわくなるものがあると、切支丹の縄でしばる……豊国神は未来永劫御繁昌じゃ」

唇が、胸から、雪のようなのどくびをなめくじみたいに這い上ってきて、お柳の唇に吸いつこうとして、なおそこでしゃべる。

「泣け、泣け、いまにその声をうれし泣きに変えてくれよう」

そして、芋虫のような指で、娘の唇をひらいて、その美しい歯ぐきを舌でなめた。

この娘を辱《はずか》しめよ、そのからだと魂が、地獄に堕《お》ちるまで辱しめよ。——というのが軍記の命令であった。

じぶんに不信の気を起したその思いあがった理性を、ドロドロに腐らすまで肉欲の泥沼につき堕せ！

むろん、太兵衛がこれに反抗すれば、彼の命はない。しかしもとより彼はこれに反抗するどころではない。まさに適材適所、恥しらずの淫獣《いんじゅう》のような彼は、今まで見込まれた何十人という清純な切支丹の乙女をここでなぶり、けがし、腐った果物のように変えてきたのだ。

「さあ、そろそろ、腰のぬけるまで可愛がってやろうかい」

と、太兵衛の両腕が、娘の両わきの下にすべりこんで、もういちど舌なめずりしたとき、——うしろで、戛《かつ》というひびきがした。

「やっ？」

ふりかえると、杉戸に一閃《いっせん》、ななめにはしってきた光芒。

「だ、だれだっ」

さけぶ声を斬るように、いまの光芒と十文字に、ふたたびさっと杉戸にきれめが入る。――とみるまに、ど、どっと一蹴り、二蹴り、杉戸の板が蹴破られて、はじけとんだその穴から、ひとりの武士が入ってきた。

「な、なんだ、こりゃあ?」

と、あきれたように中の光景をみて立ちすくむその男のうしろから、もうひとり、眼光するどい武士が入ってきた。

「柏木太兵衛か」

太兵衛はとびのいて、聖天の画像に背をこすりつけて、恐怖の顔をひきつらせた。

「あ、あ、あなたさまがたは」

「大坂東町奉行所与力、大塩平八郎。水野軍記の妖教探索《ようきょうたんさく》のため、きさまの口からききたいことがある。神妙にいたせ」

死花が咲くとは今日の大一座

大久保村にむかし普門院《ふもんいん》という寺があった。ちかくに高田馬場があるが、堀部安兵衛の仇討《あだうち》で名高いわりに、いまは荒れて、一帯の、ちょっとのびかけた青い麦畑と見分けがつかない。

その普門院も換地《かえち》をたまわってどこかへ什物《じゅうもつ》一切引っ越したあと、寺は荒れるにまかせ、草に埋もれんばかりであったが、二年ばかりまえから、豊国神と称する神をまつる祈禱所がつくられ、ときどきその信者らしいものが集まるようになった。そのため草はむしられ、甍《いらか》はつくろわれたが、なぜか、靄のような妖気が寺にかかるようになったからふしぎである。

文政六年一月三十日のこと、その寺に五十人近い人数があつまった。男と女と数は半々くらいであろう、三々五々とやってきて、

「水の魚――」

「水の魚――」

と、ひくい声で呼交わしては、寺の中へきえてゆく。その誰の小指も、どっちかが根もとからなかった。

内陣は二つにくぎられ、男女のながれは別々に分けられた。

それぞれの須弥壇《しゅみだん》にかけられてあるのは、あの大聖歓喜天の画像であった。ユラユラ

といくつかの大蠟燭《だいろうそく》がもえている。——それにゆらめく顔、顔、顔の黒い影には、なぜか、信仰にはほど遠い淫蕩《いんとう》なものがよどんでいる。

女ばかりの内陣。……町家の後家風《ごけふう》の女もある。御殿女中風の女もある。しかし、年は三十から四十くらいのものが多く、いずれもたッぷりとふとり肉《じし》で、妙に肉欲的な顔をもった女ばかりであった。

「貢《みつぎ》さまじゃ。……貢さまじゃ。……」

そんなどよめきがあると、祭壇のまえに緋の袴をはいた巫女風《みこふう》の女があらわれた。年は五十ちかく、そのくせノッペリとした白い顔がぶきみである。これがもと京二条新地明石屋の遊女で、のち土御門家の陰陽師《おんようじ》の妻となり、さらに水野軍記の高弟となって、その伝法をうけたといわれる豊田貢《とよだみつぎ》という女であった。

彼女はおごそかに画像のまえにすすんで、その胸に右の中指をつきつけた。左の手に懐剣がひかると、その中指からびゅっと血がとんで、画像にそそぎかけられた。

「恩寵《ガラサ》みちみちたもう天帝《ゼウス》、この小羊らに天の快楽《けらく》をあたえたまえ。——」

と貢が祈ると、女たちはいっせいにとなえはじめた。

「ねがわくは、今日ただいま、天国のおん快楽《けらく》をあたえたまえ」

そのとき、奥の方でぎぎっと何やらきしむ音がして、一つの駕籠がかつぎこまれた。かついでいるのも、女である、
その駕籠からひきずり出されたのは、前髪に振袖の匂うような美少年である。彼はさるぐつわをはめられ、うしろ手にくくられていたが、恐怖にみちた眼でまわりの光景を見まわした。

「犠牲《いけにえ》じゃ！」

「犠牲じゃ！」

女たちはさけぶと、そのまわりにおしよせた。さるぐつわがとかれる。縄がとかれる。しかし、よろめき立とうとする少年の四肢は、たちまち数十本といっていい女たちの手におさえつけられた。

それから、どんなに恐しい光景が展開されたか。……これが女であろうか。それはまさに、小羊にたかる餓狼《がろう》のむれであった。振袖も袴もひきさかれ、白い肌をむき出しにされた少年に無数の手足が蛇のようにからみついた。悲鳴を一度あげたきりの、その花のような唇に女の唇が吸いついた。つきとばす、はねとばす、歓喜のあえぎをあげているのは女ばかりである。

「見るがよい。右近。……」

　祭壇のかげで、しゃがれた声がした。

　そこに、朦朧と、水野軍記が立っていた。その足もとに、ひとり、戸板にのせられて横たわって、かすかにうめいている影がある。

「あれは……あれは……」

「あれは、そなたとおなじ豊国神の信者じゃ」

「ばかな！　切支丹ともあろうものが――」

「切支丹は、あの少年ひとり」

　と、軍記は音もなく笑って、

「切支丹のおまえが、なぜ人を斬った？」

「それは、軍記さまの御命令ではございませぬか。長崎の西、五島の一つに呂宋《ルソン》からわたってきた伴天連《バテレン》どのがいる。日本に入国しようとしてかなわず……あなたさまとひそかに相応じてこの国の信者をふやそうとなされておる。切支丹が、どれだけふえたか、そのしるしに信者の指をあつめよ、真の切支丹ならば、それくらいの誠はみせるであろう、それを以て羅馬《ローマ》の法王さまにわが国の忠心をお伝えすれば、かならず天の栄光《グロオリア》をお祈りあそばすと。……」

「いかにも、わしは指が欲しい！」

と、軍記はひくくいった。

「その指一本につき、伴天連は百両の金をくれるからの」

「金？　軍記さま、金のみがめあてでござるか？」

「されば、豊家再興の資金にの。きけ、右近、わしは豊家残党の末裔《まつえい》じゃ。生涯の悲願はただそれのみ。別に着々とその一味は語ろうてある。ただ足らぬは軍資金じゃ。そのためには、わしは手段をえらばぬ！」

愕然とし、息をのんだまま、くぼんだ眼窩《がんか》のおくから蒼白いひかりをなげあげている右近に、

「ただ、豊国神を天帝とのみ思いこみ、わしに疑いをいだいたものは危険千万。たとえば、あの少年がそうじゃ。あくまで、あれを一味にとらえおくためには、見ろ、彼のいま味おうておる快楽を！」

あれが快楽であろうか。すでに、声もなく、白い泥のようにうごかない美少年に、女たちは唇と手と肌で、強烈な刺激を加えつづけていた。

「あれで、死なばよし、死なずば……やがて彼は、今宵集った信者の一味となる。あの世ならぬ快楽にさそわれて豊国神の信者となった一味にな！」

「くっ」

と、右近はうめいた。左腕がかすかにうごいたが、すぐにグッタリ床におちる。それを軍記は鉄のような足でふんまえて、

「次は、おまえじゃ。剣をとれぬおまえに、もはや用はない。かの女どもに、血を吸われて死ね」

また音もなく笑うと、妖々としてその影はうす闇へ消え去った。

――その兇々《まがまが》しい影は、すぐに男ばかりの内陣にあらわれた。

ここでもまた、男たちは、須弥壇の歓喜天に礼拝していた。そのかげに、ひとりの女をとらえている男がある。やはり軍記の高弟で伊良子屋桂蔵《いらこやけいぞう》という男であった。

「小式部」

しゃがれた声で呼ばれて、白い顔をあげたのは、赤蔦屋の遊女小式部だ。

「軍記さま……」

と小式部はいぶかしげに、

「お柳は？　お柳がここにくると仰せられましたが。……」

「お柳はやがてくる」

「軍記さま、あれは……切支丹でござりますか。左様にもみえませぬが……それにあの神像も」

歓喜天に祈りをささげている男たちは、ことごとくテラテラとあぶらぎったいやしげな中年の男ばかりであった。

「あれか。あれが真《まこと》の豊国神の信徒」

「真の？　真のとは？」

水野軍記はひげの中で笑った。

「真の豊国神の信者とは、やがてくるお柳をみればよい」

お柳が、上方からきた。どうやら、豊国神の正体に疑惑をいだいて、右近と姉に忠告にやってきた様子だ。そうはさせぬ。お柳も、小式部も、おのれの鎖《くさり》でしばっておかねばならぬ……やがてくるお柳は、柏木太兵衛のために美しい淫獣と変えられているはずであった。……それをみて、信仰のくずれおちた小式部を、お柳もろとも、この夜、豊国神の祭典に生つばをのみこんで待ちかまえている狼たちにあたえて、おなじ肉欲地獄におとすつもりなのだ。

ぎぎっ……とうしろの扉がひらいて、一挺の駕籠《かご》がかつぎこまれてきた。傍にしたがっているのは、柏木太兵衛だ。

「御苦労」

と、うなずく軍記に、太兵衛もわずかに首をたれた。妖しい灯の色のせいか、そのふとった顔が、水死人のようにみえる。――

「駕籠をあれに」

と指図されて、駕籠は内陣の中央に置かれた。たちまち無数の毛むくじゃらの腕が、なかの人間をひきずり出した。なまめかしいかつぎの色がまず狼たちを狂わせた。――が――次の瞬間、

「あっ」

絶叫したのは、水野軍記。

かつぎをはねのけ、すくっと立っているのは、娘ならで黒羽二重着ながしの若い御家人。

「爺い！」

ふりかえって、にっとした。

「うぬの大それた陰謀《いんぼう》は、みんなその太兵衛が泥を吐いたぞ。神妙にして、先夜のおれの礼を受けてくれ」

「かかっ」

と水野軍記は鴉《からす》のような異様なさけびをあげて、

「曲者《くせもの》っ、そやつをとらえろっ」

「どっちが曲者だ？」

どどっと殺到した男たちを、血けむりとともにはねちらして勝小吉は一刀をふりかざして軍記のまえにとんできた。

「若僧、先夜の痛い目を、もう忘れたか？」

まっしろな髪とひげの中で、きゅっと黒い穴のように口が笑い、眼が魔神のようなひかりをおびた。無造作にその鞭があがった。

無造作にみえたが、身の毛もよだつ手練の一閃。

「おう！」

さっと小吉の白刃がこれと交叉した刹那、鞭がしなってその頸をうつと思いきや、鋼《はがね》は戞《かつ》と音して麻幹《おがら》のごとく宙に斬りとばされていた。

「あっ」

驚愕《きょうがく》してとびのく軍記に、

「みたか？　直心影流神髄《じきしんかげりゅうしんずい》。――」

小吉が笑ったとき、老人は身をひるがえしてにげ出した。扉を蹴はなし、となりにかけこむ。

――刀を左腕にぬいたまま、九鬼右近はつっ伏していたが跫音《あしおと》にわずかに顔をあげた。

「よこせ、刀を！」

狼狽しつつ、かがみこもうとした水野軍記は、その利那、凄じい絶叫をあげてのけぞっていた。死神のような右近の、最後の力をふりしぼってふるった一刀が、その胴を撫いでいたのだ。

「御用だ！」

「神妙にしろ！」

寺のまわりから、そのときどっと捕手の一団がなだれこんできた。十手をふるって指揮しているのは、もとより大塩平八郎であった。

小吉は狂乱の女たちをふりかえりもせず、須弥壇にかけあがって、あの歓喜天の画像を、ばさと切っていった。

「おい、けさおいらに珠みてえな予供が生まれたんだ。勝麟太郎って男の子がなあ。……そのための聖天よ。夫婦《めおと》聖天のほかに聖天は面《つら》ア出すな。おいら、もう女郎屋通いもよしにしたぜ！」

蕭蕭《しょうしょう》くるわ噺《ばなし》

鳳凰《ほうおう》の裔《すえ》切見世へ舞下り

羅生門河岸《らしようもんがし》、またの名を鉄砲見世。

お歯黒《はぐろ》どぶに沿う廓《くるわ》の東河岸一帯の異名だが、むろん、これはそこに巣くう女が、鬼女にもまごう御面相ぞろいのせいと、または髪はぬけ、鼻はおち、中《あた》れば鉄砲より、もっとおっかない毒をもっているからのこと。

「寄ってゆきなんし」

「そそらずに、あがってくんな」

「たった一分で廓じゅうほれて歩いてるのか。いいかげんに煮えきりなよ」

安雛《やすびな》の蓋《ふた》をとったように、切見世《きりみせ》のまえにならんでいる女郎がしゃがれた声でわめく。五人にひとりは頭痛かできものか、こめかみに黒い紙を貼っている。

めっかちもあれば　鬢《びん》の白くなりかかったものもある。戸口でへいきで小便をたれながら、客の袖をつかんでいる女もある。

ひやかしてあるく客も、折助、職人、遊び人のたぐいが多く、

「ここを、ちと見よう。ははあ、面白え狸だわえ」

「わっ、あの女郎は、大口屋の三千歳《みちとせ》をどうかしたような面じゃあねえか」

「なに、三千歳。この馬鹿、どこが三千歳」

「なに三千歳の額《ひたい》を金槌《かなづち》で二ツほどくらわせて、鋤返《すきがえ》しにしたらあんな風になるだろう」

「ははは、直侍《なおざむらい》がきいたら怒るだろう」

「あっ、あん畜生、犬の糞《くそ》をなげやがった。こいつあ、かなわねえ」

どこかで女の怒声や男の喧嘩《けんか》する声がきこえる。倶梨伽羅紋々《くりからもんもん》の路地番が鉄棒をひきずってとんでゆく。まさに百鬼夜行の風景だ。

その喧嘩のなかを、さらし木綿《もめん》の手拭《てぬぐい》を肩にかけ、紺股引《こんももひき》に雪駄《せった》をつっかけた小粋《こいき》な遊び人風の男が、そう急ぐともみえないのに、奇妙なことに人と肩ひとつ触れず、すっすっと飛燕《ひえん》のようにあるいてゆく。刷毛《はけ》先の横っちょに散ったその顔はまだ若い。苦みばしった悪戯《いたずら》っぽい、小生意気な顔だ。彼がたちどまった見世の戸はしまっていた。この羅生門河岸の見世は長屋を四尺五寸にしきって、そのうち二尺五寸は羽目板だが、あとの二尺は戸で、客のあるときはその戸をしめる。

「ちゅう。……」

彼は鼠鳴《ねずみな》きしておいて、となりの女をからかいにかかった。

「おう、お源さん、お盛んだね」

「へん、そりゃお愛想かい。ありがとう、おかげさまで、たった五十文持った客がひとりもいないいらしいけちな晩さ。お盛んは、お目あての方だよ。ごらんのとおり、宵《よい》から戸のあけたてのやかましいこと」

あばただらけの額《ひたい》にべったり紙をはりつけた女は、お納戸《なんど》か鼠か浅黄かよくわからないほどよごれた袖へ手をつっこんで、ぽりぽりかきながら、

「次郎吉さん、おまえも松葉屋から追っかけてきた口らしいが、おまえのような粋なひとが、どうしてあんなもっさりした女が好きなんだか。――ばかにしてやあがる。ここへきてあたしに挨拶らしい挨拶ひとつしたことがないよ。いくらもと松葉屋の新造か知らないが、廓の法で一ト切百文のこの河岸へおとされた女郎じゃあないか。何をつんつんいばってやがるんだろう」

「そうか。そりゃ悪かったなあ。しかしそいつあ山弥《さんや》さんがもとお侍《さむらい》の娘さんだからだろう」

「おまえ、お侍が好きなのかい」

「大ッきれえよ。大ッきれえだから、侍の娘の女郎は好きなのさ」

「何をいってるのかわかりゃしないよ。へっ、お侍の娘だろうが公方さまのお姫さまだろうが、ここへ落ちて、まあ三月もたってごらんよ。頭は薬鑵《やかん》、鼻の障子はおちて――」

「おめえみてえな、別嬪《べっぴん》になる。へっ、へっ、案ずることあねえ」

女は戸口の紙屑籠《かみくずかご》をなげつけた。次郎吉は、前のしまった戸ばかりみていたのに、ひょいと軽く身をよけた。

そのとき、戸があいて、山弥が、ひとりの若い客を送り出してきた。次郎吉は無遠慮にその顔をのぞきこんで、

「おう、これア秩父屋《ちちぶや》の若旦那。いい御機嫌ですね」

きょとんとあげた顔は、あまり利口そうではないが、これでも日本橋本石町《ほんごくちょう》の紙問《かみどん》屋《や》秩父屋の次男坊で小七という男。次郎吉はにやっと笑って、

「いい御機嫌のところへおあいにくさまだが、さっき仲の町でちょっときいた噂《うわさ》によると、お家の方に宵の口に泥棒が入って、千両箱をひとつだか二つだか持ってったそうで

大さわぎとか。——御存知じゃあござんせんかい？」

「えっ？　知らないね。お前さんは？」

「へっ、あっしゃあ、和泉屋《いずみや》次郎吉って、けちな遊び人で——知らねえとは大変だ。分《ぶん》散《さん》の噂のたけえ秩父屋というのに、まあはやくお帰んなせえ」

秩父屋小七はあわをくらって飛んでいってしまった。

次郎吉はにやにや笑って見送ってからふりむいた。山弥は何もいわない。いま出た客の家が盗人《ぬすつと》に入られたというのに、それはまことかとただしもしない。やや小腰をかがめて、夕顔みたいに寂しい虚《うつ》ろな笑顔をみせた。

「おいでなんし」

小さな、きりっとした顔なのに、どこか白い沼みたいに重い、ものうげな女郎だった。これが、松葉屋で花魁薫《おいらんかおる》にたてついて、廓の仕置を受けた女だとはみえないが、次郎吉は、やっぱり侍《さむらい》の娘だなあ、と断ちがたい魅惑を感じるのだ。いまお源女郎《げんじよろう》にいった武家が大きれえとの言葉は本心だが、それゆえにその武家の娘を女郎としてあしらうことに、たえがたい優越感をおぼえるのだった。

「へっ、おきゃがれ、鉄砲玉のくせに廓訛《さとなまり》」

お源の悪たいをききながして見世に入る。

見世は、幅四尺五寸、奥行は九尺というから、たった一畳半ばかり、奥はすすけた腰高障子、両側は破れ唐紙、なかにあるのは安鏡台と三布蒲団《みのぶとん》だけだった。ちょんのま遊びには敷蒲団だけ、泊りの客にはじめて夜具を出すならいだ。

次郎吉は、たたまれた三布蒲団に鼻をぴくぴくさせながら、

「山弥、おきのどくだが、秩父屋の泥棒さわぎがほんととすりゃあ、若旦那当分来られねえぜ」

「ようありんす」

と、山弥は冷やかだ。次郎吉はちらっと妙な眼つきをした。

というのは、秩父屋小七は、もともと江戸町一丁目の総籬《そうまがき》松葉屋で全盛をほこる花魁薫の客だったのだ。それがふとしたことで、おなじ松葉屋の新造山弥ともいい仲になった。おなじ店でふたりの遊女の客となることは、廓で最も道ならぬこととされている。しかも山弥が、あくまで薫にわびを入れないので、とうとう掟《おきて》によってこの羅生門河岸へおとされたほどのいきさつがあるからだった。

「へっ、いやに白じらしいが、そりゃおいらへの愛想かね。それにしても、火の車の秩

父屋に入るとは、その盗《ぬす》っ人野郎《と》、まぬけか、へそ曲りか――」

「泥棒の話は、よしておくんなんし」

きっとして、山弥がさけんだ。このおとなしい、口の重い女にはめずらしいはげしい声だった。

次郎吉はきょとんとして、煙管《きせる》を宙に浮かせたが、やがて、山弥の眼にじわじわと涙の珠のもりあがってきたのをみると、

「ははん、おまえ、盗ッ人の話アきれえか？ はははは、そりゃ、盗ッ人の好きな奴もあるめえが、しかし金のありがたみを知らねえ物持や、門がまえのいばりくさった武家屋敷に入る盗ッ人ア小気味がいいとア思わねえかい」

山弥はいやいやをした。双頰《そうきょう》に涙がころがりおちた。

「山弥、ひょっとするとおめえが身売りをしたもとが、泥棒に曰《いわ》く因縁があるんじゃあねえか？」

山弥は泣き伏した。が、なかなかそのいきさつを打明けようとはしなかった。次郎吉も、松葉屋の頃からの馴染《なじみ》だが、彼女の過去をきいたこともない。

しかし、次郎吉の妙に真剣な、しつこい問い落しにかかって、彼女はやっとその話を

しはじめた。

　山弥は下谷に住む或る浪人の娘だった。父ひとり娘ひとりの暮しである。が、或る年の秋から、父がちかくの某藩の大身《たいしん》といい碁敵《ごがたき》になって、ひどくうまがあい、そこの子息と彼女はいいなずけの約束を交わすまでにもなった。そのとき、思いがけない事件が起ったのである。或る朝、その家の用人がやってきた。そして暗い顔をしていうには、昨夜貴殿が御主人と御屋敷で碁をかこんでいられた際、拙者、某家より返済してきた貸金百両を御主人におとどけ致しましたが、あとでいかに探しても見当らぬ。もしや貴殿お心あたりはござるまいか。——

　父は顔を伏せてきいていたが、やがて沈んだ声でいった。

「申しわけござらぬ。百両はかならず明朝までにお返し申す」

　そして山弥は、その日のうちに吉原に百両で身をしずめさせられたのである。

「ううむ。……」

　と、和泉屋次郎吉はうなった。顔色が変っていた。ふしぎなことに、彼は「それで、その百両は、やっぱりおめえのお父っつぁんが盗んだのかい？」とはたずねなかった。

「ばかだなあ、侍は」

と、彼は行燈《あんどん》にそっぽをむいて、舌打ちした。

「それで、おめえ、その許婚《いいなずけ》の若殿とやらとも、それっきりかい？　ふん、そうか。侍って、そういう情のねえもんさ。だから、おいらあ、二本差しはきれえってんだよ。――おおっ、今夜はなんだかおかしな匂いがするの。小塚ッ原でまた焼いているとみえら」

陣笠をぬぎ吉原の道をきき

紺股引のさきの黒足袋がどこかにちょいとかかると、小柄な身体は蜘蛛《くも》のように板壁に吸いついて、腰高窓《こしだかまど》の障子《しょうじ》の破れからのぞきこんだ眼が――頬っかぶりのかげの眼が、悪戯っぽく、にっと笑った。

下谷車坂町の浪宅で、館《やかた》荘右衛門は、この夜ふけというのに、まだ書見をしていた。傍に内職の傘張りの道具がとりちらかしてあるほかに、調度らしい調度もない。膝のぬけるようになった羊羹色《ようかんいろ》の衣服にも、白い髷《まげ》にも、貧しさと孤独と頑固さと――そして、どこやら一徹の清らかさが漂っていた。

窓の外から手がそろりと入った。その手が、ぽとりと手拭いで包んだものをおとす。

「何奴？」

怒号がきこえたとき、外の影が風のように身を舞わせて、闇にとけこもうとしている。——が、その刹那《せつな》、彼の生まれてはじめての恐ろしい事が起った。障子越しに稲妻のようにすべり出した槍が、彼の片袖をみごとに梅の枯木に縫いとめてしまったのだ。いつ長押《なげし》からとりおろしたのか、いつ鞘《さや》をはらったのか、老人とも思われぬ手練であった。

「あっ」

さすがの彼が胆《きも》をつぶして、死物狂《しにものぐる》いの悲鳴をあげた。

「どっ——泥棒じゃあねえ、その反対だ。か、金をおいてったのですよ、そこに落ちてる包みをみておくんなせえ……」

「何者じゃ、おまえは？」

「あっし？——あっしゃあ——おきき及びかと思いやすが、へっへっ、いま、江戸でいろいろと噂のたけえ鼠小僧って、けちな盗ッ人でごぜえます。盗ッ人じゃああるが、盗むのア物持ちかお武家か、罪ほろぼしに貧乏人にその金をまいて歩くので、へっへっ、その、義賊、とかなんとかよんでくれる人もあるようで——」

「賊？　賊なら、なんであろうと成敗してやる。そこうごくな」

「わっ、待っておくんなせえ。うごこうったって、うごけやしませんよ。実は、旦那、山弥——じゃあねえ、お嬢さまのお千さまのことで——」

「なに、千？　千が、いかが致した？」

「へい、ちょいとしたことで、お嬢さまが御孝心のあまり、吉原へお身を沈めなすったときやした。ちょ、ちょっと、このおっかねえ光り物をひっこめておくんなせえ。旦那、突いちゃいけませんぜ。——お嬢さまはねえ、旦那、いま廓も廓、なかでいちばん恐ろしい羅生門河岸で、一ト切百文の女郎になっていますぜ」

「千が——お千が——」

ひっこめられた槍と、窓の中のしゃがれ声が苦悩にふるえた。

「だから、旦那、どうぞ、その金でお嬢さんを一日もはやく苦界《くげえ》から救ってあげておくんなせえ。たのみますよ。では、おやかましゅう。——」

「ま、待て！——盗賊待て。お前の志のほど、ようわかった。じゃが、この金はもらえぬ。賊から、金子《きんす》はもらえぬ。どうぞ、持っていってくれい」

「へっ、これだから、侍はいやだよ。どうにもわからねえお人だな。ええい、しかたがねえからいっちまえ。旦那、怒って突いちゃいやですよ。あのねえ、旦那、そのお嬢さまが身売りをなすったそもそもの事の起り――碁会の夜に金子《かねこ》様の御屋敷でなくなったという百両、あれア旦那に身のおぼえのねえことなのに、どうしてお嬢さまを売ってまで、お返しになったんで？　あっしにゃ、さっぱりその心根がわからねえんだが」

「あれか――あれは、あの場合、人の疑心を言葉を以ってとくことができるか。後に至らば相わかることとじゃが、当意を晴らさすためにやむなく娘を売ったのじゃ。士は渇《かつ》すとも盗泉をのまず。況《いわ》んや金を盗んだ疑いなど片腹いたいわ。――じゃが、おまえはどうしてそれを知っておる？」

「へっへっへっ、実はあの百両を頂戴したのアあっしなんで。――傍までいっても、御老人おふたり、碁に夢中になっていなさいましたよ。煙管《きせる》のガン首の方をくわえてね。へっへっへっ」

　鼠小僧はぴったりと梅の樹のうしろへ身を貼りつけて、

「だから、旦那、ほんとのことをいやあ、その金は恵みじゃねえ。御返済だ。どうぞあっしをかんべんして、心よく受取っておくんなせえ」

しばらく沈黙があった。が、突然、ひっさくような叱咤《しった》が鼠小僧をとびあがらせた。

「だまれ盗賊。あれは、あれ、これはこれじゃ。あの百両は身の不覚としてくれてやる。この金子も、おそらく、どこやらから盗んで参った不浄の金であろう。娘の身請《みうけ》のごとき、汝らごときいやしき盗賊にかかわりがあろうか。しいてくりかえせば、梅の木ごめに田楽刺しにしてくれるぞ。とくとくゆけっ」

投げ出された金包みをつかんで、鼠小僧は木ッ葉のように逃げていった。

——その翌日の夕方、和泉屋次郎吉が、この男には珍らしいまのぬけた、ぼんやりした顔で羅生門河岸にやってくると、まだ山弥の見世の戸はしまり、となりのお源が例によってお茶をひいていた。

「次郎吉さん、たいへんだ」

「な、なにがよ？」

「おかしな客が来ているよ。大門に馬でもつないでなかったかい？」

「なんだ武左でも、来ているのか？」

「それも、吉原へ、初めて伺候仕《しこうつかまつ》ったらしいあんばいだ。このあたりに、山弥と申さるる御遊女はござるまいか、ときやがった。まったく可笑しい衣紋竹《えもんだけ》だよ」

「年寄りか?」

と、いって、次郎吉はぎょっとした。

「いんや、まだ若いの――」

と、お源がいったとき、戸があいて、頭巾《ずきん》をかぶりながら、ひとりの武士があらわれた。頭巾のあいだから、ちらとみえた顔の色は白く、眼も若々しいが、長身で、骨格も武張っており、大小も当世風でなく鍔《つば》も鐺《こじり》も頑丈な南蛮鉄《なんばんてつ》だった。ポッと出の浅黄裏ではないが、たしかにこういう世界になれた伊達《だて》侍《ざむらい》ではない。

「しからば、お千どの」

と、またうやうやしく頭をさげて、

「まことにたわけた話ながら、事のなりゆき、是非もなし、拙者の武士の意気地やみがたい事情を、あわれみ下され、くれぐれもよろしくお願い申す」

「ぷっ」

お源がふき出したのを、次郎吉がきゅっとつねった。次郎吉はじっと山弥をみている。山弥はお辞儀をしていた。ふかく、ふかく、その若侍がお歯黒どぶからたちのぼる闇の中にきえるまで。

「おい、どうしたんだい？」

次郎吉に肩をたたかれて、顔をあげたが、放心したようにひろがった眼だ。

だまって見世に入った。つづいて入った次郎吉は、じろじろ見まわしたが、蒲団《ふとん》は冷たくたたまれたまま。茶碗が二つ。茶は飲まれた様子もない。

「なんだい、いまの客は？　お馴染ともみえねえが」

山弥はうなだれたままだった。

「遊びに来たわけでもねえらしい。……それにしてもしけた客だ。けっ、行燈も買ってくれなかったのか。おいらが買ってやるから灯をつけな」

次郎吉が、ひとりでうごいて、灯を入れた。

「おやあ？　おめえ、泣いているじゃあねえか」

「次郎吉さん、おねがいがござんす」

ふたりがそう叫ぶのが、ほとんど同時だった。山弥は涙のおくから、妖《あや》しい光りをたたえた眼で和泉屋次郎吉を見つめた。

「なんだい。いってみな」

「いまの客は……金子市之丞という……去る大身の若殿で」

「読めた。おお、すると、おめえの前の、あの許婚の侍だな」

山弥の頬があからんだ。次郎吉がはじめてみるこの女の羞恥《しゅうち》の顔だった。

「その市之丞が何しにきたんだ。おめえがここに売られてから、なんの挨拶もなかったようだが、その薄情者が、なんの用あってこの吉原へ来たんだよう？」

「市之丞さまは、何も御存知なかったのでありんす。あの金のことで、わたしの家に御用人のきたのは、御用人のはしたなさ、あとでわたしを売ったと知って、あわててわびにきたそうでありんすが、けんもほろろに父に追いかえされたとか」

「ううむ。あの爺さんなら、やりかねめえぜ」

「え？」

「いや、こっちのこった」

「あとで、地団駄《じだんだ》ふんでも、あの方は大身の御あとつぎ、わたしは女郎。もうとりかえしのつかない運《さだ》めでありんす。……いえいえ、こんなことを話してもせんないことでありんした。その金子さまが、いま来なんした御用は……」

「へっ、武士の意気地とかいってやがったっけね」

「市之丞さまは、四谷の平山塾《ひらやまじゅく》に通っていなさんすそうでおざんすが、御師匠さまの子竜《しりゅう》先生や代稽古の下斗米《しもとまい》先生のおぼえよろしく、それをねたんだのでありましょう。同門の旗本の悪仲間六七人があつまって、市之丞さまをむりにこの吉原へさそいこみ、野暮を笑ってなぶりものにし、腹をたたせて喧嘩となれば、それをしおに討果してしまおうという企らみをしんしたとやら。それを知って市之丞さまは、果し合いはともかく恥はかきたくないと思案しいしたものの、なるほど廓のことは西東もわからず、そこへわたしのことをふと思い出して、とるものもとりあえずかけつけておいでなんしたわけでありんす」

「廓の作法の一手御指南にか。うっぷ！」

山弥はまた顔を染めた。

「おい、怒っちゃいけねえ。それで、おめえ、教えてやったのか」

「いいえ、薫さまにたのみんす」

「え？　あの、花魁に？　おまえをここへ落としたあの薫に？」

「はい。わたしの切見世に落されたのはわたしの罪、薫さまはほんとに俠気《きょうき》のある方でおざんす。金子さまたちおいでの節は、きっと薫さまを呼んでいただき、なんとか市之丞さまのお恥かかれぬようにとりなして下さんすよう、山弥、この指をきってでも髪をきっても、薫さまへ、一世一代のおねがいをするつもりでありんす」

　次郎吉は、あきれたように山弥を見つめた。しばらくたって、

「……それで、おいらへたのみごとがあるといったようだが」

「次郎吉さん、かならずにくいと思っておくんなんすな。薫さまへのねがいはねがい、それにかかる費《ついえ》は費、それはこのわたしがつぐなわねばわたしの意地がたちませぬ。おねがいでおざんす。どうぞ、その金をつくっておくんなんし」

「金か。……こまったの。金はけさまでたんとあったが、くそッ面白くもねえことがあったものだから、きょうひるま、みんな手なぐさみですってしまった」

「たのみんす。おまえさんは、ほんに俠気のあるお方とまえまえから思っておりんした。市之丞さまの来なんすのは明日とやら、まにあわなければ、あさってまで、このわたしが待ってもらいんす。それまで、どうか、おねがいでありんすにえ」

「おっとのみこみ山ざくらかな。山弥、そのおだてにはこの馬鹿野郎、たしかにのってやろうぜ」

　和泉屋次郎吉、ぴしゃりと膝をたたいたが、首をかしげて、

「しかし、馬鹿はおればかりじゃねえらしい。侍もおめえもつくづくと世の中ア馬鹿野

郎ばかりだなあ！」

傾城の意地は花火の名所なり

四谷の子竜先生、平山行蔵の塾は、下斗米秀之進を師範とし、門弟三千を擁《よう》する天下の大道場だが、数あるうちにはよほどの馬鹿もいるとみえて、貧乏旗本の次男坊、三男坊ばかり、七人の冷飯食いが、武骨一点ばりの田舎侍《いなかざむらい》金子市之丞をなぶりものにしてやろうと、むりに吉原へくりこんできたが、計《はかりごと》はいすかのはしとくいちがってしまった。

金のない連中ばかりだが、むりをして、伏見町の引手茶屋へ。

「いよう、相変らず繁昌でめでたいの。どうだ、お内儀、変ることもないか」

「吉原へは、四五日も来ぬと、久しぶりのようじゃ。上るぞ」

みんな大いに通がって、大小をわたし、二階へのぼる。

酒が出る。料理が出る。ところで——

「もし、唐須《からす》さま。森さま。おあいにくさまで槌屋《つちや》の若菜さま、雛鶴《ひなづる》さまはお悪うございます。はま本へ出ていなさんすとさ」

　と、ここの女中頭がひそひそという。

「左様か。それは残念じゃの、誰袖《たがそで》と小稲《こいね》はどうじゃ」

「それも出番――」

　一同の顔色がだんだん変った。なに、この連中は金もないくせに、振られるとすぐに武勇をふるう癖があるから、女郎たちに総すかんをくっているのだ。

「ええい、誰でもよいから呼んでくれ。ああ、それから、ここにかたくなっておる男な、これは初会《しょかい》も初会、臍《へそ》の緒《お》きってはじめて大門をくぐったという珍物じゃから、それに合う適当な奴を見つくろってやってくれ」

「へっ、あの、はじめてこの吉原へ？」

「いや、それがし、馴染の女がござる」

　と、金子市之丞は端然としていった。一同、ぎろっと視線を集めて、

「馴染？　貴公に？」

「されば」

「ははははは、これはおどろき山のほとときす。それはそれは、して、その太夫のお

ん名は何と申さるる？」

「恥ずかしながら、松葉屋の薫でござる」

「な、な、なにい？　あの松葉屋の薫う？」

腰をぬかさんばかりになったのは、七人の冷飯食いばかりではない。もとより彼らはいま全盛をほこる花魁薫の姿などかいまみたこともないくらいだが、この茶屋の亭主もおどろいた。たとえ市之丞のいうことがほん気であっても、薫ほどの名妓が、仲の町の一流の茶屋以外のこんな茶屋へ、格式をやぶってきてくれるわけがない。

しかし、金子市之丞は、しごくまじめな顔で、

「それがしは、薫よりほかの女郎はいやでござる、薫を呼んで戴きたい」

と、平然とくりかえす。

啞然《あぜん》として口もきけぬもの、にやにや笑い出すもの、はては意地わるく、「えい、それではともかくさし紙を出してみろ」という者もあって、眉《まゆ》に唾《つば》をつけつつ、松葉屋に使いがはしった。

すると——まさに驚天動地のことが起った。松葉屋の薫は金棒、箱提灯、禿《かむろ》、新造、三味線をしたがえ、長柄《ながえ》の傘の下、駒下駄に八文字をふんで、日輪のようにのりこんで

きたのである。

この茶屋ばかりではない、伏見町一帯がどよめくほどの騒ぎのなかに、薫はしずしずと二階にのぼると、

「もし、主《ぬし》さん、あれっきりお顔をお見せなんせんとは、罪じゃおざんせんにえ。わたしは、あの夜からというものは、主さんが恋しゅうて恋しゅうて、死ぬほどでありんした……」

涙ぐんでそういいながら、からみつくように金子市之丞の傍へぺたりと坐って、きゅっとその膝をつねった。さて、それからの恨みつらみの喃語《なんご》痴態の濃艶《のうえん》さは、ほかの連中には息もつけないばかり。

やっと薫が、夢からさめたようにあたりを見まわしたかと思うと、

「あの主さん、ここへいさんす野暮ったらしい罷《まか》りこしさん方は、これはみんな主さんのお弟子さんでありんすか」

市之丞もおどろいた。

「いや、そうではない、同門の兄弟子ばかりじゃ」

「これは失礼でおざんした。いつもいつも主さんがお世話になりまして、くれぐれも女

房のわたしからお礼を申しいす。では、おちかづきまでに――」

手をうつと、若い者が小判を山と盛った三方をささげてくる。そして、薫は、市之丞の手にじぶんの白い手をもちそえて、はなやかに、座敷いっぱいに山吹の雨をふらせはじめた。

黄金《こがね》の流星の下に乱れ狂う遊女と幇間《ほうかん》の歓声をぬって、薫の恥ずかしげな笑い声がきこえた。

「もし、御亭《ごて》さん、気のきかない……いいたくっても、惚《ほ》れた男には、はやく床入りをしたいなどとは、ほほ、まさかいいにくいものでおざんすねえ。……」

――その夜だ。九つ。鐘の音とともに、いっせいに大戸をおろす廓の大門から、金子市之丞はしずかに衣紋坂《えもんざか》をのぼっていった。

細長い雲のきれめから月がのぞいているが、陰暗《いんあん》といまにも降りそうな空だ。

市之丞は借りてきた蛇の目と高下駄のまま、大門の外で、東河岸の方へむかって、ふかく一礼した。

さすがにもう猫の子一匹通らぬ日本堤《にほんづつみ》。

葭簾《よしずば》張りの掛茶屋も店をとじ、孔雀《くじやく》長屋までまだ四五丁。

左手の山谷堀から飄《ひょう》とふきあげる河風をうけて、このとき金子市之丞、どうしたのか、雨もふらぬに、ぱっと傘をひらいた。宙にふっとぶ提灯《ちょうちん》。と、間髪をいれず、ばさ！　とうしろから蛇の目をひッさく二条の白光。そのとき金子、高下駄はそこへおいたまま、ぽーんと一間もまえにとんでいた。

「ううむっ」

苦鳴がひとつあがって、そこから、ざざざざと草を鳴らして何者か土手下へころがりおちていったあと、粛然《しゅくぜん》としてつッ立っている金子市之丞、その右手に垂れた刀身から、はや、したたりおちる黒血のしずく。

「これは」

と、彼は苦笑いの顔を闇にまわして、

「それほどのこととも思わなかったが、あれでも馬鹿のつくしようが足りなんだとみえる。それではここでこの世の馬鹿のしおさめをさせてくれよう。おなじく平山塾の実用流、ただし道場、竹刀の実用流とは事がちがうぞ！」

「生意気な下総《しもうさ》の猿め、くたばれっ」

地におちた提灯が、めらっともえあがる炎を背に、夜鴉《よがらす》のようにとびちがう影、一瞬に散る血しぶきに、その火が、じゅん、と煙のおとをたてて、金子、のけぞる二人をあとに、またさっきの破れ傘のところへ立っている。

武骨で、きまじめ一方の田舎侍、剣をとれば沈鬱《ちんうつ》な妖気《ようき》すらはらんで、まるで別人のよう。蕭殺《しょうさつ》たる雨雲と月光の下に、かすかに髻《たぶさ》の毛がそよいでいるばかり。

骸骨の上を粧うて花見哉

——山弥は、灯のない切見世に、うつむいて坐っていた。

さっきから、また秩父屋の小七がきていて、家に大盗人が入ったさわぎで、そのなかから、やっと百文つかんでぬけ出す苦労はひととおりではなかっただの、その泥棒の手口の鮮《あざや》かさからみて、きっと鼠小僧という奴にちがいないと御用聞がはなしていただの、もうしばらく通えそうもないが、どうぞしんぼうをしてくれだの、しきりにとりとめのないことまでしゃべっているが、彼女は襟にあごをしずめたまま、しいんとだまりこんでいるだけだった。

夕あかりの外を、若い衆が唄って通った。

「なんの鴉が意地悪で、

可愛い男の目をさます」

地獄の泥に酔っていたじぶんの眼をさましたのは、なんの運命であったろう？

みんな、何もかも捨てたつもりのじぶんのまえに、市之丞さまはおいであそばした。昨夜は、薫さまがみごとにとりさばいてくれたそうな。そして醜態をさらした旗本どもが、市之丞さまの帰りを土手で待ち伏せ、斬りかかったが、七人のうち五人まで、ほとんど一刀ずつで仕とめられたそうな。市之丞さまは、髪の毛もみださず、いったん大門の面番所《めんばんしょ》にもどり、事の次第をのべてお立ちかえりになったそうな。

けさから、廓じゅう、金子市之丞というお名のなんとざわめくこと。わたしの市之丞さまを、どの女もが、まるで恋人のように。――そして、わたしはここに坐っている。

このあさましい、汚れはてた羅生門河岸の一ト切百文の見世のなかに。

もう金子さまはいらっしゃらぬ。もうわたしの前にはなにもない。望みはすでに捨てきったつもりのこの世ではあったけれど、こうまで深い無限の闇があろうとは知らなんだ。

彼女の眼に、涙はなかった。かわいた眼は、うす黒いお歯黒どぶの重いながれに散って、滅失《めっしつ》の闇へきえてゆく柳の枯葉の幻をみていた。

「山弥、きいておくれ。おれは……」

「小七さん。きょうは頭が痛うありんすゆえ……」

「いや、どうもおかしいと思うのは　おまえのところにくる男。それ、あの――」

「どうぞ、かえっておくんなんし、小七さん」

山弥は細ぼそと、しかし冷たい声でいった。きょうは、このにやけた男が、ふつふつ、悪寒をもよおすほどいやだった。

それでもかんのにぶい小七が、未練がましくすりよろうとしたとき、外で誰か戸をたたく者があった。

「へっ、不粋なことで相すまねえが、山弥、いるなら、ちょいと顔をかしてくんな。急ぎの御用のものをもってきてやったぜ」

山弥がとびたつように立って、戸をあけた。そこに頬かむりして立っている和泉屋次郎吉をみて、小七は、なぜかぎょっとしたようだった。

「小七さん、すみません、用がありんすから、帰ってくんなんし」

秩父屋小七はおし出され、かわって次郎吉が見世に入ってきた。ぴしゃりとうしろ手に戸をしめて、次郎吉はにやっと笑った。

「それよ」

笑ったのは、得意ばかりではない。胴巻きをぬき出して渡す金が、実は、昨夜、また金子屋敷にしのびこんで、厳格な老主人や用人の眼をくらまして、まんまと盗み出してきたもので、実は思い出してもふき出しそうなのだ。

市之丞は、吉原で全盛の花魁を買うのにどれくらいかかるか知りもしなかったし、知ったところでその金を持ち出すこともできない家庭であったし、みんなわたしにおまかせ下さいまし、とうけ合った山弥であったが、次郎吉にしてみれば、ばかばかしくってしようがない。いやに安々と金の工面をひきうけたのは、こういう悪戯《いたずら》ッ気があってのことだ。

「へっへっ、ちょいときょうは賽《さい》の目がうまく出ての」

「ありがとう。御恩は死んでも忘れはいたしませんにえ。薫さまはなんとも思っていなんせんにしても、それではわたしの義理がたちいせん。それでは、ちょいと松葉屋へひと走りいって来んすゆえ、主さん、どうぞ待っていておくんなんし」

手をかけた戸の外に、ぴったり耳をつけていた小七が、このときぱっとはなれて、ころがるように伏見町の角へはしっていった。

山弥が江戸町一丁目の松葉屋へいって、用をすませて、待合の辻までもどってくると、大門の方から、二三人、何かわめきながらかけてくる者があった。

「捕り者だ」

「大盗ッ人が羅生門河岸にいるぞ。――」

「鼠小僧が入っているとさ。――」

はっとして、山弥はたちどまる。のびあがって大門の方をみると、会所と向い合う面番所のあたりに、三つ四つ浮動する御用提灯がみえた。

鼠小僧がいる。――羅生門河岸にいる。――山弥の顔が、水をあびたようになった。彼女の頭に、なぜか直感的に和泉屋次郎吉の顔が浮かんできたのだ。もしかすると……もしかすると……おお、侍の娘が、盗人の金をもらうまでに。

しかし、次の瞬間、凄然《せいぜん》と山弥は笑った。なんの、わたしは地獄河岸《じごくがし》の売女《ばいじょ》、盗賊の間夫《まぶ》はいいとりあわせじゃないか。それにあのひとは、あのひとだけが、わたしに親身なひとじゃあなかったか？

どっと宵の仲の町ぞめきがくずれてくるよりはやく、山弥は裾《すそ》をからげ、決然とはしり出した。江戸町二丁目をつっきって、右へ折れる。

まろぶように羅生門河岸の切見世にもどったとき、もううしろで、わあっというどよめきがきこえた。その喚声《かんせい》に、ぎょっとした次郎吉がたちあがると同時に、山弥は背なで、はたと戸をしめて、肩で息をきりながら、

「和泉屋さん。……主さん。またの名を鼠小僧といいなんすか?」

と、深い眼でいった。

次郎吉の狼狽《ろうばい》に、彼女はうなずいて、するすると入ってくると、彼にぴったり抱きついて頬ずりした。

「さ、山弥。――」

「出ちゃあ、いけない、次郎吉さん」

と、山弥は片手に行燈をとると、

「逃げなんし」

ひとふりすると、ぽうっともえあがる行燈をとなりとの間の唐紙におしつけて、にっと笑った。さすがの次郎吉が、あっとさけんだきり、たちすくんだ。

「御用だ」

「鼠小僧、神妙にしろ」

もう、雨のように叫びと拳《こぶし》の乱打する戸の裂目《さけめ》から、濛々《もうもう》とふき出す煙、——その煙と炎のなかに、山弥は両拳を胸にくんだまま、深ぶかとした夕顔のような笑顔で次郎吉を見つめている。

「かっちけねえ。山弥。礼をいうぜ！」

次郎吉は大きくうなずくと、燃えぬけた隣の切見世へ、黒煙とともに溶けてきえた。

外の戸がたたきやぶられて、捕手たちが山弥をひきずり出したとき、鼠小僧の姿はなく、ただ火と煙に追い出されて、遠くへ逃げるのがせいいっぱい。怒号と悲鳴と群衆のつなみを覆う黒けぶりが、銀河へのぼるその中で、誰か高々とさけぶ声がきこえた。

「山弥——どうせおいらも三尺高え木の上で往生するが、それまで念仏はとなえてやるぜ！」

そして、煙とともに、長屋の屋根を、それこそ鼠のようにはしる影が、ちらっとかすめて、きえてしまった。

吉原で武道勝利を得ざる事

――まっさきに、六尺棒をもった非人ふたり、次に白衣の非人が捨札《すてふだ》をかかげ、それからやはり白衣の谷《や》の者が、抜身《ぬきみ》の朱槍《しゆやり》二本をひからせてあるいてきた。

囚人ははだか馬にのせられ、まわりを馬の口取りと介添ふたりがとりかこんでいる。

次に捕物道具をもった谷の者、それから、陣笠、野羽織、騎馬の南北組与力、さらに、槍、挟箱《はさみばこ》がつづき、野羽織、股引《ももひき》の侍ふたり、丸羽織の同心四人、あとに弾左衛門とその組下、突棒六人、非人頭《ひにんがしら》車善七《くるまぜんしち》とその輩下の非人八人がつづく。

新鳥越橋をわたり、廓《くるわ》を南にみて、千住街道を北へ。小塚ッ原の刑場へ。――

火あぶりとはちかごろめずらしい。しかも女とは。――しかし、お上にむかって、あろうことか、大盗人をにがすために火をつけたとあっては、当然ともいえる。

「火罪《かざい》。新吉原堺町、売女さん弥。

右の者儀去る九月七日新吉原堺町に度々出入いたす無宿次郎吉を、盗賊と心附候わばその段主人へ申しきかすところその儀なく、あまつさえ右躰《みぎてい》のもの泊置《とめお》き候ゆえ、組のもの吟味《ぎんみ》に入候ところ、かえって火を放って屋根へのがし候始末、女の儀にて弁《わきま》えこれなしとは申しながら、重々不届至極《ふとどきしごく》につき、引廻しの上火罪申しつくるもの也」

それが非人のかかげる捨札の文句であった。

はだか馬の上にゆられつつ、山弥は沿道に波うつ群衆をみていなかった。ただ、野末のはての白い鰯雲《いわしぐも》をみていた。

群衆のなかにまぎれて、鼠小僧次郎吉がいた。いちど、彼女はちらっと彼の顔をみたようだった。しかし、白蠟《はくろう》のようなその顔は、依然としてなんの感動もなかった。路傍の石ころでもみるように、冷たい、かわいた眼であった。

次郎吉は平手でなぐられたような思いがした。なぜか面白くなかった。むしゃくしゃして、行列のさきをこして、石を蹴とばしてはしり出した。

「おっ。……」

彼は、路ばたの草のなかに、凝然《ぎょうぜん》と立っている金子市之丞と、山弥の老父館荘右衛門の姿を見出した。ふたりは石像のようにうごかない。

死の行列はちかづいてくる。冷たい秋風がふたりの耳たぶをなでる。

荘右衛門がはりさけるような眼をむけて、つぶやいた。

「あれは　誰じゃ？」

「——あれは、おめえさんの娘だよ」

と、秋風にまじって、あざ笑うような声がきこえた。

「娘？　わしの娘？……」

「——そうよ。盗賊と心附候わば、その段主人に申しきかすべきところ……かえって火を放って屋根へのがし候始末……とあらあ。あれがまさにおめえさんの娘だよ」

「盗賊？……わしの娘が、盗賊をのがす？」

「——おいおい爺さん、すっとぼけちゃいけねえや。いいか、娘をあのざまにまで落したのア、いってえだれだ。うぬひとりが立てようとする、さむれえの道だかいたちの道だかしれねえが、なあんにも知らねえ娘を泥ン中へたたき売って、娘こそいい面《つら》の皮だあ。……そっちの若えのもおんなじよ。いちど知らぬ顔の半兵衛をきめこみゃがって、てめえがこまるとのこのこたずねて、さむれえの意地をたてさせてくれ。……けっ、笑わせるねえ。みんなてめえのことばかりかんげえやがって、か弱え女のこころのことなんざ、ちっとも思いやってやがらねえ。だからおいらあ、侍ってだいッきれえなんだ。大馬鹿野郎だってんだ」

金子市之丞は、その声がうしろの頬かむりしている変な遊び人の口から出ていることを知っていた。しかし彼は、ちかづいてくる馬上の人を見つつ、号泣《ごうきゅう》しながらうめいた。

「——わしは、侍をすてる！」

荘右衛門には、ただ恐ろしい野分《のわき》の声ときこえた。

「——けっ、もう遅えや。見な、見な、ほうら、眼をすえて、ようく御覧なよ。女の儀にて弁えこれなしとは申しながら、重々不届至極につき、引廻しの上火罪申しつくるもの也。——ざまみやがれ。あははははははは。……」

はだか馬の白衣の罪人は、粛々《しゅくしゅく》ととおりすぎていった。見迎え、見送って、老人の顔は仮面のように無表情だった。

「あれは……あれは、わしの娘ではない。わしの娘ではないぞ。ぶ、武士の娘が、盗賊と一味になって火を放つなど——し、士は渇《かっ》すとも盗泉の水を——」

突然、鐘をうつように笑い出した老人の顔をみて、鼠小僧はぎょっとした。行列はきえてゆく。老人は地面からはえたように、しかも身をゆさぶって、笑っている。鼠小僧はあとずさって、それから「へっ」と、唾《つば》をはいた。

「いけねえ、狂いやがった」

鼠小僧は、すべての悲劇がじぶんから起ったことなど、てんで考えようともしない。ただ彼は、背を何者かにつきうごかされたように、もういちど「へっ」と吐息をついて、よろめくようにあるき出した。

そして、うす蒼《あお》い大江戸の夕靄《ゆうもや》をながめると、この「義賊」は、そのまま、風のごとく面白そうに、その方へ、飄々《ひょうひょう》とすっとんでいってしまった。

怪異投込寺

北国の弥陀《みだ》三尊の立姿

松葉屋の花魁薫《おいらんかおる》は、当代の名士蜀山人《しょくさんじん》が、「全盛の君あればこそこの廓《さと》は花も吉原月も吉原」という頌歌《しょうか》をささげたほどの遊女であった。

その奇行の数かずは、『傾城《けいせい》問答』とか、『青楼美人鏡』などにみられるが、そのなかでもっともこの女の面目を発揮しているのは、お忍びで登楼してきた津軽侯《つがるこう》を振った話であろう。

これらの本には、名は明記してないが、おそらく津軽越中守寧親《やすちか》であろうと思われる。例の相馬大作につけ狙《ねら》われた殿さまだが、この話は大作が刑死した文政五年の翌年のことだから、この殿さまも、復讐鬼《ふくしゅうき》といってもよい恐ろしい刺客《しかく》がこの世から消えた安堵《あんど》のあまり、ついうかうかとこのような行状に出たものとみえる。

ところが、これに薫はそっぽをむいた。想像するのに、当時相馬大作は、斬られたとはいえ、いや斬られたからこそ、江戸ッ子にとって血をわかす悲劇の英雄であったから、自然と津軽侯の方は赤ッ面《つら》の敵役となっていたせいもあろうが、それにしても、わざわざ、薫に賜った黄金《きん》の盃を、その眼前で、庭を掃いていた若いものにやって、平然とふところ手をしていたというのだから、相当な度胸である。

「余はかえる。――」

こういって立ちあがったときの津軽侯の顔色は蒼白《そうはく》になって、眼もギラギラとぶきみなひかりをはなっていたという。

しかし、これで薫が罪を受けたということもなかったらしい。ずっと以前、尾州侯と姫路侯が、やはりこの吉原に傾城買いに通って、押込《おしこめ》隠居になったり国替になったりしたことがあるくらいだから、表沙汰《おもてざた》にもできないし、なんにしてもおのれの沽券《こけん》をおとすだけの話にちがいない。

その一方、こういう話もある。――

そのころ、年に数度、フラフラと廓《くるわ》にあらわれる老人があった。釘みたいに腰のおれ曲った、小さな、うす汚ない爺いだが、それを見た女郎たちはみな顔いろをかえた。

「また、鴉爺《からすじじ》いがきたよ――」

鴉という形容は、その姿にではなく、この老人のうすきみのわるい習性からつけられた。死人が出ると、そのまえから鴉がその家の空で鳴くというが、この老人にどんな嗅覚《きゆうかく》があるのか、彼が姿をあらわすと、きっと数日中に廓の女の病死者か心中者が出るのである。

彼女たちは彼をおそれ、にくみ、禿《かむろ》のなかには唾《つば》をはきかけたり、草履をなげつけたりするものもあったが、薫だけは、往来でゆきあえばじぶんの方から寄っていって、やさしい笑顔で話しかけ、見世にくれば若い者を通じてそくばくかの金をあたえた。そして、いつもていねいにたのむのだった。

「十郎兵衛さん、くれぐれも仏の供養をねがいんすにえ」

この老人は、道哲寺《どうてつじ》の墓番だった。

道哲寺、正確には西方寺という。明暦《めいれき》のむかし、道哲という乞食坊主が、日本堤の東詰にささやかな堂宇をいとなんで、囚人、ゆきだおれ、引取人のない遊女などの屍骸《しがい》を葬《ほうむ》って、あつく回向《えこう》したのがそのはじめだが、時代とともにだんだんぞんざいになって、いまでは心中者、下級の遊女などの哀れな屍骸が出ると、一朱二朱の安い埋葬料でかつぎこみ、犬猫同様に穴のなかへ投げ込むので、俗に「投込寺」と呼ばれている。その墓穴を掘るのがこの老人の仕事だった。

そして、この鴉爺いの十郎兵衛が姿をみせてから数日後、はたして廓に死人が出た。日本橋の町家の息子が、廓通《がよ》いにうつつをぬかして、分散の憂目にあったあげく、西河岸の安女郎と心中したのである。

それから十日ばかりたって、松葉屋の見世先に、ひとりの老婆があらわれた。半分気がちがっていて、泣いたり、わめいたり、しばらくは言葉の意味もわからなかったが、やっとききわけてみると、

「薫とやらいう売女を出しやい。出雲屋《いずもや》を分散させ、息子を殺した薫を出しやい」

と、さけんでいるのだった。老婆は、このあいだ西河岸で心中した若者の母だったのである。

松葉屋の新造や禿や若い者は、ゲラゲラと笑った。

「出雲屋？　きいたことがねえと思っていたら、ははは、なあんだ。あいつのことか」

「こいつあまったくお門ちげえだ。婆さん、婆さん、それなら西河岸の方へいってみな」

「おめえさんの息子さんの心中した相手は一ト切百文の安女郎だ。やい、ゆかねえと水をぶッかけるぞ」

しかし、その死んだ男は、この見世や薫とまったく無縁というわけではなかった。最初のうち、彼はたしかに薫の客だったのだ。二度か三度――それだけで、うぶな若者は、色道の深淵《しんえん》につきおとされた。薫の白い繊《ほそ》い手は、出雲屋を一撃二撃でうちくだく魔の斧《おの》であった。

さわぎをきいて薫はうなだれた。そして、みなのとめる手をふりきって、悄然《しょうぜん》として見世先へ出ていった。

「おふくろさま、わたしが、あなたのお恨みなさんす薫でおざんすにえ。どうぞ、おところのすむようになさりんし」

そして彼女は、土間に大輪の牡丹《ぼたん》のようにくずおれて、老母の草履の雨をうけた。

……

それからまた、こんな話もある。――

薫が津軽侯を振ってから一ト月ばかりのちのこと、松葉屋の見世先へ、つぎはぎだら

けの股引をはき、醬油《しょうゆ》いろの手拭《てぬぐ》いで頬《ほお》かぶりをした若い百姓男がやってきて、

「ここのうちに、薫太夫という豪勢に美しい花魁がいなさるときいて、わざわざ見物にきましただ。どうぞちょっくらその女に逢わしてくんろ」

と、たのんだ。

笑いの渦のまいているところへ、ちょうど薫が、禿、新造、三味線もち、夜具もちなどをしたがえて、雪の素足に駒下駄をはき、鳳凰《ほうおう》のように揚屋からかえってきて、その男をじっと見ていたが、微笑して、

「わたしが薫でありんす。こちらにお腰をおかけなされて、おやすみなんし」

といって、手ずからお茶をくんで出した。すると、百姓男は恐悦して、

「とてものことに、酒をひとつ御馳走になりますべいか」

という。薫は禿にいいつけて、酒を出させた。みな、薫がどうしてこんな相手を、こう鄭重《ていちょう》にもてなすのかわからないので、あきれていた。

「おらは、冷は一向いけねえでの」

と、百姓男はいって、ふところから長さ六七寸の割木を二本とり出すと、炉《ろ》の傍へあがりこんで燗《かん》をした。

彼は茶碗でひとつのみ、薫にさした。薫がこころよく受けて酬したのをまた一杯のんで大きな舌鼓《したつづみ》をうち、

「何年となく念をかけた太夫さまを見せていただいたうえに、そのお酌で酒までのませてもらって、おらは、はあ、あしたおッ死《ち》んでも思いのこすことはねえだ」

と、上機嫌でかえっていった。

松葉屋にえもいわれぬ香りが満ちはじめて、そのもとが炉に燻《く》べられたさっきの二本の割薪《わりまき》の紫の煙であることがわかったのは、そのあとであった。それが伽羅《きやら》の名木であると知れて、人々はあっとどよめいた。

「あれはどなたさまじゃ」

「あの百姓は？」

口々にといかけるのに、薫だけは襟に白いあごをうめて、ものかなしげに微笑《ほほえ》んだまま首をふった。

「知りんせん。きっと、どこか御身分のあるお方が、わたしをからかいに見えたのでおざんしょう」

——これらの奇話は、いうまでもなく、薫という遊女の「意地」と「張り」、そして

人並すぐれたかしこさを物語る逸話として、ほこらしげに紹介されているのである。

意地と張り、抜群の美貌《びぼう》と聡明さ、その四つのものから、この薫という「遊女」は成り立っていた。

人は武士なぜ傾城にいやがられ

それからまた一ト月ばかりたってから、差紙《さしがみ》をうけて仲の町の揚屋にねりこんだ花魁薫の禿や新造は、座敷に端然と坐っている若い武士の顔をみて、眼をまるくしてしまった。

「これは――」

「あの伽羅のお百姓！」

おどろかなかったのは、薫だけであった。あまり平然としているので、謎めいてさえみえる笑顔のまま、裲襠《うちかけ》をひろげて坐るその姿を、武士はまじまじと見ながら、

「おぬし、拙者がこういう身分のものと、あのときから見ぬいておったか？」

「ほ、ほ、なんの知りんすものか。どなたさまでおざんすえ？」

「拙者は、何をかくそう。五千石を頂戴する直参《じきさん》。……先日の無礼はゆるしてくれい。じゃが、あれにておぬしという女がようわかったぞ。あれならば、おぬしを身請《みう》けしてわが妻としても恥ずかしゅうない女。——」

「よしなんし」

と、薫は笑った。

「うそ」

「なに、うそ?」

「それほどあなたさまがわたしをお見込みなんしたら、なにゆえわたしがまだあなたさまをどこの御家中と知らぬ、それほどおろかな女と思いんす?」

眼は冷たく、美しかった。

「ほ、ほ、ほ、そのお顔は、いつか津軽の殿さまがおいでなさんしたとき、その御家来衆の末座にみえたお顔」

武士は愕然《がくぜん》とした。口をぽっかりあけたまま、しばらく声も出ない。

薫は、すっと裾をひいて立ちあがった。

「廓にきて、おかしなてれんで女郎を化かそうなど、とんだお考えちがいでありんしょう」

「あいや！」

武士の顔いろは、この世の人とも思われなかった。

「お、お待ち下され。こ、このままゆかれては、拙者腹をきらねば相ならぬ！」

「まあ、大袈裟《おおげさ》な」

「大袈裟ではござらぬ。いかにもわが殿越中守さまの仰せつけ、なんとしてもそなたとちかづきにならねばならぬが、なにせ、一ト月二タ月まえにたのんでおいて、やっと拝顔の栄を得るほどの全盛のそなた、たとえ、ようやく逢えたとしても、並大抵のことではその心をとらえることはかなうまいと推量し、考えあぐねてあのような小細工《こざいく》を弄《ろう》した次第。……」

「して、わたしと馴染《なじみ》になって、何をしろと殿さまがいいなさんしたえ？」

武士はだまりこんだ。

「ほ、ほ、わたしの寝首でもかけといいなんしたか。それともわたしをつれ出して、高尾のように鮟鱇《あんこう》斬《ぎ》りにでもしろといいなんしたかえ？」

「め、滅相もないこと。私は……実は侍ではない。絵師なのじゃ。津軽藩御抱えの絵師なのじゃ」

「絵師？」

薫はふしんな眼いろになった。

「絵師が、なぜ？」

しかし、うっかり白状して、相手はいよいよ窮地におちいったようである。みるもむざんな苦悶《くもん》が、そのねじり合わせた両手にあらわれた。

「もし、あの殿さまが、絵師のあなたに何をおいいつけなさんしたえ？」

「薫どの、たのむ、私の素姓はさておき、どうぞ私と馴染になってくれい。こう土下座して願い申す。……」

「まあ、こんなおかしな口舌《くぜつ》を、廓はじまって以来きいた花魁はおざんすまい。……ほ、ほ、どうやらめんどうらしい御用の様子、おきのどくでありんすが、薫はゆっくりきいてあげるひまがおざんせぬ。せめてものことに、野分《のわき》、野分」

と、傍の妹女郎を呼んで、

「野分、おまえ、この妙な御使者の御用をきいてあげなんし」

「あっ、待て、薫どの！」

と、絵師は声をしぼったが、薫はふりかえりもせず、しずしずと出て行った。つづいて、ほかの番頭新造、禿たちもぞろぞろと去る。あとに、絵師と振袖新造の野分だけがのこった。

ながい沈黙がつづいた。野分は、変な客といっしょにとりのこされて困惑したが、見ていると、彼の苦しみがあまりにふかいので、立つはおろか、とみには声もかけかねた。

「もうし」

と、やっといった。

「殿さまは、どんな御用をお申しつけになりましたえ?」

心のやさしい遊女であった。よりすがって、ひざに手をかけ、

「こととしだいによっては、わたしから花魁におねがいしてあげんすほどに。……」

「はははは」

と、急に絵師は笑い出した。自嘲《じちょう》とも自棄ともきこえるかわいた笑い声であった。

「薫の絵をかくのじゃ」

「薫さまの絵、そんな御用」

「それが、ただの絵ではない。枕絵《まくらえ》じゃ」

野分は、口をポカンとあけた。この若い絵師は、用もあろうに、春画の使者を命じられたのである。

「笑ってくれい、かかる主命で廓にきた私を」

「けれど、あの殿さまが、なぜそのような」

「おそらく殿は、薫どのをしたわれるあまり、左様な絵をお望みあそばしたものではあるまいか。しかし、おこころはしらぬ。先祖代々津軽藩の御抱《おかかえ》絵師として禄《ろく》を食《は》んできた家筋のものとして、わしは主命にしたがうまでだ。……が、それももはやかなわぬこととなった。薫どのにははやくも一蹴され、こうおまえに白状したうえは、薫どのの枕絵をかくなどとはとうてい望めぬ沙汰」

そして、重い吐息をついた。

「腹切ろう」

野分は笑いかけた。遊女の笑い絵がかけぬとあって、このひとは腹を切るという。なんだかひどく可笑《おか》しい。しかし、それも承知でなお切腹を口にせねばならぬこの若い絵師を眼前にして、笑いはとまり、同情にみちた眼で、じっと相手をながめやった。

しばらくして、野分はひくい声でいった。

「廓では花魁にさしさわりのあるときは、わたしが名代に立ちんすけれど……その絵もわたしが名代では」

「なに？」

と、絵師はまじまじと可憐な若い遊女の顔を見かえして、

「それはなるまい。それが出来るなら、私もこれほど苦労はせぬ。殿が御覧あそばしても、たとえ薫どの自身がみても、あきらかに薫どのとわかる絵でなくば……」

「わたしは、花魁から、何もかも手ずから伝授を受けた妹女郎でありんすにえ」

野分はいたずらッ子らしく笑った。

「こんな役はわたしもいやでおざんすけれど、こんなことで腹をきるあなたは、もっときのどくでおざんすから申しんす。……」

——それからさらに一ト月ばかりたった或る日、花魁薫は、また津軽越中守の座敷に呼ばれた。

薫は、越中守の左右に居ながれる家来のなかに、その絵師の顔をちらっとみたが、べつになんの表情もなく、つんとして孔雀《くじやく》のように坐った。彼は、蒼い、おびえたような頬のいろをしていた。

越中守がしたしく盃をさすのを、薫はそつなく受けているが、依然としてそのものごしは冷えびえとしている。しかし、越中守は上機嫌であった。いつかの怒りも水にながしてサラリとした顔いろで、時の将軍が吹上の御庭に、吉原仲の町の茶屋を模《も》してつくって遊んだ話などをしゃべっている。

「薫よ」

と、やや酒がまわったころ、越中守は呼んだ。

「余はまた、そなたにつかわしたいものがあるが喃《のう》」

うすきみわるい笑顔である。

「そなた、また気にいらんで、庭掃《にわは》き男などに投げあたえるやもしれぬが、それはそなたの勝手。……これよ」

と、うしろをかえりみた。家来がこたえて、そのまえに薄い大きな桐の箱を置いた。

急に薫はふりかえった。がばと野分が片腕をついたからである。野分も最初から蒼い顔をしていた。彼女は、越中守が薫の姿をえがいた秘画をなぜ欲しがるかよくわからなかった。すくなくとも、善意に解釈していた。しかしいまや越中守が、大名らしくもない陰険な方法で薫を辱《はずか》しめ、しッぺ返しをしようとしていることはあきらかだった。その桐の箱のなかには、あの絵師寒河雲泉《さむかわうんせん》のかいた枕絵――すくなくとも、越中守は薫と思いこんでいるが、その実、顔だけ薫で、肢体《したい》は野分をえがいた恥ずかしい絵が入っているにちがいないのである。

薫は、ふしんな顔で、越中守に美しい眼をもどした。

「薫、あけて見やれ」

越中守があごをしゃくり、薫がその箱をおしいただいて、ふたに手をかけたとき、遠く往来から騒然とした物音がきこえてきた。

黄金《こがね》咲くみちのくの客をふり

「なんじゃ、あのさわぎは？」

と、越中守がふりかえったので、末座に侍《はべ》っていた揚屋《あげや》の亭主が、あわてて出ていった。しばらくして、いそぎ足でもどってきたが、手で口をおさえている。

「亭主、いかがいたした?」

「恐れながら……お耳をけがすほどのことではござりませぬ」

「たわけ、何ごとじゃと申すに」

「はっ、恐れ入ってござります。実は……なんたる愚かなおいぼれか、西河岸の切見世のやぶれ障子からなかをのぞいて、女郎と客のあられもなき醜態を写生いたしおりました絵師があり、見つかって、つかまり、会所へつき出されてゆくさわぎらしゅうござります」

「なに、遊女と客の?」

亭主は、越中守のたくらみを知らないから、恐縮して、平蜘蛛《ひらぐも》みたいにあたまをたたみにこすりつけた。

越中守は苦笑した。

「醜態と申すか。ばかめ、その醜態を商売としておるお前ではないか」

「恐れ入ってござります。……」

「よいよい、しかし、老人と申したな。老いてなお春画をえがいて売らねばならぬ、またふびんなものではないか。会所へ参って、大目に見てやれと申すがよい」

越中守、ひどく同情的である。

「はっ、御意の趣き、しかと会所に申しつけまする。しかし、あの老人は、こういうことがいままでに何度もございまして、しかも善男善女の法悦のかぎりをかいて何がわるい。どうじゃ、この絵をみて合掌礼拝する気にはなれぬかなど大言壮語をつかまつる絵師でございますれば、かようなこともちとみせしめになるかとも存じまする」

「なんという絵師じゃ、それは?」

「はっ、葛飾《かつしか》北斎と申し――」

「なにっ、北斎!」

と、越中守はさけんで、眼をきらっとひからせた。

江戸に住んで、この不出世の大画人の名を知らぬものはない。およそこの世の森羅万象《しんらばんしょう》を描きつくして、その徹底したリアリズムで美の真髄《しんずい》に肉薄し、ときにまた百二十畳の紙の上をはしって四斗樽《だる》の墨汁と五俵の藁《わら》たばで大達磨《おおだるま》をえがくかと思えば、米粒に雀三羽をえがいて人々の胆をぬく神技をふるう。そして、絵よりもなお世人を驚倒させるのは、その奔放不羈《ほんぽうふき》な奇行であった。

曾《かつ》て、将軍家斉《いえなり》が鶴狩のかえり、浅草伝法院に北斎を召して席画を所望したとき、帯のような唐紙《とうし》の上を、足に朱肉を塗った鶏をあるかせて、みごとに紅葉をえがき出したといわれる。そのくせ、家の中には、文字通り鍋一つ、茶碗三つしかないという恐ろしい貧乏ぶり。それだけもって、生涯に九十三回引っ越しをしてまわったという大奇人だから、その真意はしらず、一ト切百文の地獄宿をのぞいて、春画をかくくらいのことはやりかねない。

しかし、津軽侯がただならぬ表情になったのは、単にその名を知っていたからばかりではない。実は先年から、しばしば浅草藪《やぶ》ノ内《うち》明王院の地内にある北斎の陋居《ろうきょ》へ使者をやって、邸へ呼ぼうとしたことがあるのである。ところが、どういうわけか、北斎はへそをまげてしまって、使者の口上にとり合わなかったいきさつがあるのだ。

「北斎じゃと申すか」

と、越中守はもういちどさけんだ。もはや御抱絵師の絵どころではない。

「亭主、北斎を呼べ。はやく、ここへ呼んでくれい」

そして、うろたえて立ちあがった亭主の背を、せきこんだ声が追った。

「そうじゃ。その北斎がえがいた絵とやらも、わすれずに持参いたさせるのじゃぞ」

やがて、この上もなくはなやかな席へ、これはまたこの上もなくむさくるしいひとりの老人が飄然《ひょうぜん》として坐った。

頭ははげて、馬のようにながい顔である。雨にたたかれ、日に照らされ、その顔の色は黒びかりしていたが、奇妙に陽性の精気があふれてみえた。それは白い眉の下から放射される眼光のせいらしい。北斎はこの年六十五歳であった。

「北斎よな、近う寄れ。余は津軽越中じゃ」

と、こちらから声をかけると、

「お初にお目にかかります。わしは葛飾《かつしか》生まれの百姓八右衛門と申すものでございます」

といって、そっぽをむいてしまった。背なかのあたりに何かいるらしく、腕をまわして、ポリポリとかいている。

それから、何をきいても、「ああ」とか、「いや」とかこたえるのみで、迷惑そうな表情が露骨に浮び出している。ただ、あの異様なひかりをはなつ眼が、花魁薫の姿だけに、ときどきじっとそそがれた。

ききしにまさる傍若無人《ぼうじやくぶじん》ぶりに、手持無沙汰《ぶさた》の津軽侯は、ともかく亭主のもってきた例の押収画《おうしゆうが》を手にとったが、ひと目みて、「ううむ」とうなり声をあげてしまった。絵は数葉ある。もとより色はつけてなく、矢立をはしらせたのみの素描《すがき》だが、まことに北斎が礼拝合掌せよと豪語したのもむべなるかな、その男女秘戯の肉塊《にっかい》の描線《びょうせん》は、凄《すさま》じいまでの力感にあふれていたのである。

「見よ、見よ」

思わずしらず、題材の何かということもわすれて、越中守はうわずった声をもらした。

「みなのもの、まわして見よ、この北斎の絵を。――」

そのとき、つつと末座からまろび出したものがある。御抱絵師の寒河雲泉であった。あれよというまに、薫のまえにおかれたままの桐箱のふたをはねあけると、なかの絵をわしづかみにし、ひきちぎり、ズタズタにひき裂いてしまった。

「と、殿……おゆるしを。……」

べたと伏せた肩がふるえている。絵師として、このうえの恥辱にはたえられないのであった。

おなじ内容でも、その技倆《ぎりよう》は天地よりもまだかけはなれていた。それはまざまざと越中守もいま見てとったとおりである。

「未熟者め」

と、越中守は苦い顔で吐き出すように叱《しか》りつけたが、破られた絵そのものにはさらに未練はなかったらしく、すぐにつくり笑いの顔を北斎の方へむけた。

「北斎、そなた、余がしばしば呼んでやったのをおぼえておるか」

「左様、どこかのお大名が、高びしゃなお使者をよこされてござりますな。あれは、殿さまでござりましたか」

「高びしゃ？……ああ、それは使いの者がわるかった。いたらぬ奴であったのじゃ。余の本意ではない。ゆるせ、ゆるせ。……して、どうじゃ、かような場所ではからずもそなたに逢えたのは天の配剤《はいざい》、機嫌をなおして、余に何かかいてみせてくれぬか」

北斎は顔をあげて、いならんだ遊女たちを見まわし、ニヤリとへんな笑いを浮かべた。

た。


「紙」

と、ひとことといった。

「それ」

狂喜する越中守の声に、亭主や家来がキリキリ舞いをして、北斎のまえに紙をのべた。


北斎は、矢立の筆をとると、一気にびゅうっと墨をはしらせた。穂先がまわる。とまる。かすれて飛ぶ。

「これにて、御免」

ペコリとおじぎをして、スタスタと老人の出ていったあと、一同はのぞきこんで、いっせいにあっとさけんだ。

なんとそれは一つの大男根の絵だったのである。

が、見るがいい。その雄渾豪宕《ゆうこんごうとう》の筆触《ひっしょく》、それは壮厳な大富嶽の図にもおとらぬ力と気品に満ちみなぎっているではないか……。

道哲にきけば極楽西の方

松葉屋の見世先に、ブラリと北斎がやってきた。

「葛飾村の百姓八右衛門じゃ。逢う気があったら逢うてくれと、薫太夫にきいてくれ」と、無愛想にいう。あれから十日ばかりのちのことである。

薫は声をたててよろこんで、北斎をじぶんの座敷にとおした。

「これはこれは北斎さま、ようおいでなんした。お酒でものんで、ゆっくりあそんでゆきなんし」

「遊びに来たのではない。用があるのじゃ」

横をむいて、ブスリという老人に、薫はくつくつ笑った。

「ほ、ほ、わたしに用とはえ？」

「お前をかいてみたい」

「まあ、わたしを、あの、北斎さまが」

「お前の枕絵をかいてみたいのじゃ」

かがやいていた薫の眼が、ふっとひそめられた。いかに遊女にせよ、これには面くら

わないわけにはゆかない。——が、さすがに薫である。すぐにまたにっと片えくぼを彫って、

「枕絵といえば、殿御が要《い》りんしょう。さあ、どこのどなたさまが、わたしと寝て、あなたにかかれて下さんしょうか」

「殿御は、蛸《たこ》じゃ」

「蛸？」

ここにいたって、薫もあっけにとられて、口もきけなくなってしまった。が、老人の黒い頰《ほお》には妖《あや》しい血潮のいろがさし、眼はむしろ森厳のひかりをおびて彼女を見すえていた。

「大きな蛸が、はだかのお前を可愛がっておる図柄じゃ。八本の足でお前の足をひらき、胴にまきつき、乳房をおさえ、口を吸っておるのじゃよ。どうじゃ？　気にいったろう？」

気にいるどころのさわぎではない。いかにも北斎らしく、奇警倫《きけいりん》を絶する着想だが、

「まあ」

「お前は蛸の化物に魅込《みこ》まれるほど美しいぞ。よろこべ」

薫はじっと北斎を見つめていたが、やがて哀しそうにいった。

「北斎さま、そんな大きな蛸がありんしょうか?」

これには、無愛想な老人も、ニヤリとうす笑いをうかべたようである。

「蛸はわしにまかせろ。お前はわしの眼のまえで、はだかになってみせてくれればよい」

またながいあいだ、薫は、この怪奇な、うす汚ない老人を――古今の大画家の姿をながめていた。やがて、その眼の奥から、名状しがたい微笑が、花に透く日のひかりのように洩《も》れてきた。

「ようありんす。薫ははだかになりんしょう。どうぞ、おこころのままにかいておくんなんし」

――たとえ千両の金をつまれても、薫がこんな肢態をみせたことがあろうか。座敷の外に、彼女の最も愛する引込禿《ひっこみかむろ》のさくらを立たせ、薫は縮緬緞子《ちりめんどんす》の豪奢《ごうしゃ》な夜具のうえに、一糸まとわぬ雪の姿をなよなよと横たえた。

「手を投げろ……くびをうしろにおとせ……片足を蒲団の外にひろげろ。……」

北斎のうめくような声につれて、この世のものならぬ白牡丹はゆるやかにひらき、しぼみ、たわわに揺れた。北斎は画帖をとり出して、グイグイと力づよく素描してゆく。

……

――と、突然北斎は、小石にあたまをうたれたようにふりむいた。

「誰じゃ」

飛んでいったのは、庭向きの明障子《あかり》の傍である。ガラリと一瞬にあけられて、キョトンと立ちすくんだ不吉な鴉みたいな顔があらわれた。

「な、なんじゃ、お前は」

一喝されて、その男は、くぼんだ眼窩《がんか》のおくから、やにのたまった哀れッぽい眼をあけた。

「へ、へい。……わたしは、西方寺の寺男で――」

「ああ、十郎兵衛爺さん？」

と、こちらで薫がほっとしたようにつぶやいた。

そして、北斎のがみがみと叱りつけている声をしばらくきいていたが、やがて十郎兵衛が犬みたいに追っぱらわれようとしたとき、何を思ったか、急にいたずらッぽい笑顔になって、

「北斎さま、とてものことに、その爺さまにも、わたしのこの姿をみせてやっておくんなんし」

と、声をかけた。

「この男に？」

「北斎さまよりほかの人間に、わたしのこの姿を見せるのはいやでおざんすけれど、ほ、ほ、それは人間ではありりんせん。……生きている遊女のからだを拝んだら、死んだ遊女への仏ごころが、いっそうふかくなるでありりんしょう……」

そして、このあらゆる男を獣にかえる魔の白珠にもまがう美女の肢態は、枯木のようなふたりの老人の視線のみるにまかせた。……

もっとも、せっかくの薫の大慈悲心も、投込寺の墓番にとって、どれほどの功徳であったか。さっきそっと盗み見していたにはちがいないが、こうまざまざと匂いたつ全裸の美女を見せつけられては、いるにもいたえぬように、しばらく十郎兵衛はモゾモゾとうごいていた。

北斎は、いつしか傍に口をあけたっきりになった寺男の存在を忘れて、芸術の光炎の中に沈みこんでいる様子である。……と、そのとき、廊下を、ド、ドとはしってくる跫《あし》音《おと》がきこえて、禿のさくらと何やら口早に問答している気配がした。

　薫は、身をおこした。

「さくら、どうしなしんしたえ?」

「薫さま、たいへん、あの野分さまと津軽の絵師さまがいっしょに毒をのみんして、北斎さまを呼んでいなさんすとか――」

「なんじゃと?」

と、北斎も顔をふりむけた。

「津軽の絵師とはなんじゃ。ま、よい、いまゆくぞ」

あわてて身支度をしながら、薫はふと傍の影をみて、はじめて吐気のようなものを感じた。そこにキョトンとして、あの鴉爺いが立っている。……果然、彼があたりをウロウロしていた意味がわかった。やっぱりこのぶきみな老人は、事前に屍臭《ししゅう》をかぎつけてきたのである。

　それに何を問いかけるいとまもなかった。薫は、北斎のあとを追って、心中をはかったという妹女郎の野分の部屋にかけつけた。

が、その部屋に一歩足をいれたとき、薫は息をのんで棒立ちになってしまった。北斎も、両足をふんばって、凝然《ぎようぜん》として見下ろしていた。

ふつうの心中ではなかった。緋牡丹《ひぼたん》のような閨《ねや》の上に、あの寒河雲泉と野分が一体となってからみ合っていたのである。

「先生、北斎先生！」

と、雲泉は声をしぼった。

「か、かいて下さい。私たちのこの姿を！」

「な、なんじゃ、毒をのんだときいたが――」

「毒はのみました。ふたりとも、これから死んでゆくのです。しかし、死ぬまえに、どうぞこの姿をかいて下さいまし。北斎先生にかきのこされたら、私たちは死んでも心のこりはありません。……」

そうあえぎながらいったとき、雲泉の口のはしに血の泡がうかんで、下の野分の頬におちた。

「な、なんだ、お前ら、気でも狂ったのか！」

「死ぬことには、正気のつもりです。おきき下され、私は津軽藩に絵を以て仕えてきた家の子です。それが、その技未熟のゆえをもって、殿の御勘気をうけ、永のおいとまをたまわりました。しかし、それに不服はないのです。それが当然なのですから……それが当然だとは、十日まえ、先生のあの絵を拝見したとき、心魂に徹して思い知らされたのです。御扶持《ごふち》などが何でありましょう。これでも、一心不乱に画業にはげみ、生涯その道にささげようと志していた人間でした。しかし、その望みはみじんにうちくだかれました!」

「薫さま、かんにんしておくんなんし。名代のつもりが、へんなめぐりあわせになりんした。……」

と、野分は息をたえだえにいった。その唇からも、血の糸がひいた。

「わたしは、このおひとがいとしゅうなりんした。いいえ、惚《ほ》れんした!」

「ただいまこちらに参って、北斎先生がおいでだと承り、急にかくごをきめたのでございます。どうぞ、先生! おろかな私たちの死にざまを――いいや最後のいのちの燃えようを、先生のお筆でしかとかいて下さいまし。それならば、たとえふたりの骸《むくろ》は畜生同然にあの西方寺へ投げ込まれようと、魂はまことの西方浄土へとんでゆくでありましょう。……」

「よし、きいた！」

と、北斎はさけんだ。

「北斎、たしかにお前らのまぐわいの図をかいてやるぞ。成仏《じょうぶつ》しろやい」

そして、ふところから、さっきの画帳をとり出した。

雲泉は、ひたと死力をしぼって野分を抱いた。野分はおののく腕を雲泉のくびにまき、両の足を雲泉の背にくみ合わせた。生きながらの菩薩《ぼさつ》の姿だ。吸いあった唇のあいだから、歓喜のうめきにつれて、血の泡がふいた。

死にゆくものだけがうごき、詩《うた》をうたう。北斎の眼はかがやき、耳は狼《おおかみ》みたいに立って、それを見、それを聞いた。薫は凝《こ》ったように立ちつくしている。

やがて静寂《せいじゃく》がおちたとき、同時に北斎の筆もとまった。

「野分、野分」

薫はかけよった。野分と雲泉は、微笑を彫刻したまま、息絶えていた。

蒼白《そうはく》になって、ふりかえると、北斎も銅像のようにうごかない。ふたりの屍骸《しがい》を見下ろしているのかと思うと、そうでもないらしく、眼を半眼にして、じっと何やら考えこんでいる。

「……どうも気にかかる」

と、つぶやいた。

「北斎さま、なにが？」

「さっきの爺いがよ」

と、意外な返事であった。

「あの投込寺の鴉爺さま？　あれがどうしんしたえ？」

「ふっと、どこかで見たおぼえがあるのだ。以前に……といっても、きのうおとといのことではない。十年、二十年……いいや、もっとむかし、わしの若いころ……ううむ、投込寺といったな」

北斎は画帳の一枚をピリピリと裂いた。

「薫、この絵を、この男の殿さまがまたあそびに来たら、やってくれ」

そういうと、老人はくびをひねりながら、風のように出ていった。

腥《なまぐさ》い風の吹きくる道哲寺

吉原で心中した男女は、まっぱだかにされて、その屍骸に荒菰《あらごも》をかけられたまま、三日間、地上にさらされる。それから、早桶を荒縄でくくられて、道哲寺に投げこまれる。

この犬猫同様の埋葬は、この奇怪な世界の一種の迷信からきていた。それは、心中するほどの男女なら、それまでによほど辛い恨めしい原因があったであろうから、もし人間なみに葬ると、あとでたたられるかもしれない。いっそ犬猫を葬るようにして畜生道《ちくしょうどう》に堕《おと》してしまえば、もう人間にたたることはあるまいと考えられたからである。

野分と雲泉の屍骸も、松葉屋の裏庭に放置された。けれど、その菰をかけたあたまの傍には、さすがにほそい線香のけむりがたちのぼっていた。

花魁薫と禿さくらのしてやったことである。三日めの夕ぐれ、ふたりはそこにじっとうずくまって、手を合わせていた。

すっと、そこに人の影がさした。顔をあげて、さくらはさけんだ。

「北斎さま」

「十郎兵衛はきておらぬか」

と、北斎はしゃがれた声できいた。

薫は、北斎が、あの鴉爺いにおぼえがあるといってとび出していったことを思い出して、いぶかしげにくびをかたむけた。

「さあ、あの爺さまなら、もうこのふたりをひきとりに見えんしょうが……あの爺さまがどうかしんしたかえ?」

「いま道哲に寄ったら、こっちに出かけたといいおったが、逢いたいのじゃ」

北斎の眼は、異様なかがやきをおびていた。

「なに御用?」

「用か――」

といって、北斎はだまりこんだ。やがて、くびをふって、

「いやいや、逢わぬ方がよいかもしれぬて。……」

と、つぶやいた。なぜか、ひどく疲れている様子である。

薫はしばらくその姿をふしぎそうに見ていたが、微笑して、

「北斎さま。蛸の絵はおかきなさんしたか?」

ときいた。北斎は気弱な表情でくびをふった。

「かけぬ。かけぬ。……わしは当分絵はかけぬ。……」

「なぜ？　北斎さま、いったい、どうおしなんしたえ？」

「薫、お前はあの投込寺の爺さまの名を知っておるか？」

と、北斎は顔をあげて、またきいた。よほどあの老人に思考をうばわれているようである。

「あれは、十郎兵衛」

「左様、姓は？」

「姓まであってかえ？」

「むかしはあった。斎藤十郎兵衛」

「斎藤十郎兵衛。そうきいても、とんとあの爺さまらしゅうありんせんが。……もし、あの爺さまは、お侍だったのでおざんすか？」

「いや、たしか阿波《あわ》の殿さま御抱えの能役者《のうやくしゃ》だときいた。……三十年もまえのことじゃ」

北斎は物思いにふけりつつ、ひとりごとのようにしゃべった。

「或る日、わしのところに役者の梅幸《ばいこう》が来おった。無礼な奴が、いちど家に入って、なに思ったか、外の駕籠《かご》から毛氈《もうせん》をとってきて、ひきかえしおった。……」

薫は微笑した。この先生の汚ないのはそのころからのことかと可笑しかったのである。しかし、北斎はいったい何をしゃべろうとしているのであろうか。

「わしは腹をたてて、梅幸めが何をぬかそうと知らぬ顔をしておった。あいつもふくれあがってかえっていったがの。しばらくして、あやまってきて、幽霊の絵をかいてくれという。あれの幽霊の役はおやじの松助以上じゃが、おそらくその工夫にわしの智慧をかりたかったのじゃろう。あたまをさげてたのんでくれれば、わしもきいてやらぬでもない。で、幽霊の絵をかいてやったわ。それからあいつは、芝居のたびにわしを呼んでくれたのじゃ。役者によばれるうえは、纏頭《はな》のひとつもやらねば具合がわるかろう。そこで、いつのことであったか、わしは一帳羅《ちょうら》の蚊帳《かや》を二朱でたたき売って、あいつを桐座にたずねていった。……あの能役者とは、そこの楽屋で逢ったのじゃ」

北斎はこぶしをかたくにぎりしめていた。

「能役者——というと、あの十郎兵衛爺さまのこと？」

「そのころは、爺さまではなかった。わしより四つ五つ上か。――能役者でありながら、狂言役者の絵をかいた。わしは文晁《ぶんちょう》にも歌麿《うたまろ》にも抱一《ほういつ》にも竹田《ちくでん》にも、あたまをさげぬ。じゃが、あいつの役者絵だけには、たたきのめされたわ。あいつの絵のなかの人間は、くやしいが、わしのかく人間よりも生きておった！」

老人は、ふかい溜息をついた。

「ふしぎな男じゃ。あれが絵をかいたは、たった一年足らずであったろうか。それから、あの男は消えた。そのわけは知らぬ。死んだという噂もきかなんだが、あとになって、死んだかと思うておった。とにかく、あの男は、暗い海の流れ星のようにひかって、それっきり、この世から消えてしまったのじゃ。……」

「北斎さま」

「薫、お前、投込寺の墓守の番小屋をみたことがあるか？」

「そんなこと、ありんせん。……」

「いってみろ、小屋の壁じゅう、絵だらけじゃ。わしはこのあいだあの爺さまを追っていって、中をのぞいたのじゃ。爺さまはいなかったが、わしはその壁をグルリと見まわして、あっと息の根がとまった。忘れるものか、忘れてなろうか、暗い銀色の雲母摺《きららずり》に浮きあがった濃墨の線、まさしく三十年前の役者絵が生き生きと――」

と、いいかけて、恐怖にみちた顔をふり、

「いいや、役者絵ではなかった。おなじ筆法だが、幾十枚ともしれず、それは、みんな死んだ遊女の絵であった！」

なんともいえない鬼気におそわれて、薫とさくらはおびえたように立ちあがった。

北斎は魂の底からこみあげてくるようにうめいた。

「あいつは、わしより生きた人間をかいた。そしていま、わしなどのはるかにおよばぬ筆で死びとをかいておる！」

「北斎さま。……」

「だれもしらぬ。わしだけが知っておる。いや、後の世がかならず評判するじゃろう、いまの世に、この北斎以上のえらい絵かきがおったとな。……」

「北斎さま、あの爺さまは、ほんになんとおっしゃるお方でありんすえ？」

北斎はふかく息を吸いこんで、刻《きざ》むようにいった。

「東州斎写楽《とうしゅうさいしゃらく》。――」

早桶や禿一人が見送りて

やがて来るものの影をおそれるように北斎が去ってから、ながいあいだ薫は襟に手をさしいれて、たたずんでいた。

やがて、さくらにうながされて見世に入ってから、彼女は亭主の半左衛門に、妙なことをたのみこんだ。まもなく西方寺から屍骸をひきとりにくるのだが、その死人、寒河雲泉が死に際して、主人津軽越中守さまへさしあげてくれと自分に託したものがある。これを今夜のうちに、津軽邸に自分からとどけにゆきたいというのである。

「こんな夜に」

と、亭主が眼をむくと、

「今夜でなくば、仏が浮かばれぬような気がいたしんす」

と、物思わしげにいった。

遊女が大名の屋敷に推参するなどきいたこともないが、しかしただの大名ではない。いくどかこの廓に通って、薫にぞッこん惚れている津軽侯である。それに、用も用だし、亭主はうなずいた。

その夜、松葉屋から、野分と絵師の屍骸を入れた二つの早桶がそっと出た。そして大門のところで、さきにいって待っていた薫が駕籠にのり、さくらがこれにしたがった。一方は西方寺へ、一方は本所三つ目の津軽屋敷へゆくのだが、偶然途中がおなじになったのである。

雨気をふくんだ星のない夜のことで、人通りの絶えた日本堤《づつみ》のまんなかで、突然、駕籠のなかですすり泣きがおこった。

「花魁、どうおしんしたえ」

と、さくらがきくと、

「ここまで同行したのも、よほど前世から縁のふかいひとにちがいんせん。もういちどつくづくと野分の顔を見とうありんすにえ」

と、薫は泣きながらいった。

そして、やおら駕籠から出ると、二人の駕籠かき、四人の早桶かつぎ、それに西方寺から迎えにきた鴉爺いの十郎兵衛に、ちょっとそこの茶店で酒でものんでいておくれといって、酒代をくれた。

そうときいて、鼻のあたまに皺《しわ》をよせてうれしがる鴉爺いを、薫はじっとながめていた。

駕籠と二つの早桶を、手ぢかの無人の茶店のよしずのかげに置くと、彼らは嬉々としてとなりの店に入っていった。

飲むことなら、仕事の前後をとわない手合だが、それでもやはり早桶が気にかかるとみえて、案外はやく彼らは赤い顔でもどってきて、礼をいった。

「たっぷり、新造と別れを惜しみなさいやしたかえ？」

と、ひとりが歯をむき出して笑うと、さくらは涙顔でコックリうなずいた。薫ももはや心みちたか、すでに駕籠のなかにかくれて、ひっそりとしていた。

本所にゆく駕籠とさくらをさきに送って、二つの早桶はすぐに日本堤東はずれの西方寺に入った。

読経《どきょう》も回向もない。早桶はすぐ墓地にかつぎこまれる。穴はすでに十郎兵衛の手で掘られていて、屍骸をなげ入れて埋めるのも彼の役である。というより、なぜかこの老人は、むかしからその仕事をひとりでやりたがった。

「爺さん、いいかえ？」

「うむ」

「じゃあ、たのんだぜ」

と、四人の早桶かつぎは、桶を穴のそばにおいたまま、足早に立ち去った。さっき花魁からもらった酒代《さかて》がまだたんまりのこっていたからである。

その夜ふけ、日本堤をかえってきた駕籠が途中でおろされた。その傍に薫とさくら、
そして二人の駕籠かきが立って、おびえたような眼で、うしろの空をふりかえった。

その門前をいま通りすぎてきた西方寺の甍《いらか》に垂《た》れさがった雨雲が、ドンヨリといもり
の腹みたいに赤い。

その方で、遠くわああというさけび声がきこえたかと思うと、木の葉みたいにとんで
きた一つの影が、

「火事だ」

「どうした?」

と、こちらから声をかけると、

「なに、大したことはねえ、投込寺の墓番の小屋がやけてるんだ」

とさけんで、さきに廓の方へかけぬけていった。会所に知らせにいったらしい。

陰気な雨がふり出して駕籠はいそいでかつぎあげられ、そのあとを追った。

西方寺の墓番の小屋は全焼した。なぜ燃えたのかわからなかったが、それは誰かもいったように、たしかに大したことではなかった。

しかし、同時に、墓地であの鴉爺いが死んでいることが発見されたのである。これもなぜ死んだのかわからない。老人は、埋めたばかりの土の上に、蜘蛛《くも》みたいに小さくまるくなって、うごかなくなっていた。顔をあげさせると、きんちゃくのような口のはしから、血がたれていた。しかし、それも結局大したことではなかった。鴉が一羽、地におちたようなものだと人々は考えたのである。

「てめえの死ぬ匂いはわからなかったのかな」

と、誰かがいって、みな笑った。

おもしろや花間笑語の仲の町

半年ばかりたって、春風に浮かれたように葛飾北斎は飄然として津軽屋敷にあらわれて、たのまれもしないのに、上機嫌で『群馬野遊之図』を描いた。——その屛風《びょうぶ》一双は、いまも津軽元伯爵家につたわっているという。

しかし、そのとき北斎は、ふと妙な話を耳にしたのである。

笑い絵を口にくわえた屍骸。

津軽家では噂のひろがるのをおそれて秘密にしているらしかったが、半年ほどまえの或る雨の夜、鉄金具もいかめしいその表門に、ひとつの屍骸がよりかかって坐っていたというのだ。しかもその屍骸は、一枚のみごとな枕絵を歯にくわえていたというのだ。

――それがどうやら、そのまえに扶持《ふち》をとりあげられた御抱絵師だったらしいときいて、北斎の顔いろがしだいに変った。


その宵、北斎は吉原へ出かけて、おりよく仲の町で、高い駒下駄をはいた揚屋がえりの花魁薫をつかまえた。

ちょうど夜桜の季節である。仲の町の中央は、青竹の垣でかこって山吹をうえ、そのなかに植えこまれた数十本の桜と、それに数倍する雪洞《ぼんぼり》が相映じて、この世のものならぬ花の雲、灯の波にゆれていた。

その花と灯のかげで、北斎は薫に息ざし迫ってささやいた。

「薫」

「まあ、北斎さま。おひさしゅうありんすねえ」

「ききたいことがある。あの晩、投込寺へいった二つの早桶には、何が入っていたのじゃ？」

「あの晩……？」

薫は大きな瞳をいっぱいに見ひらいて、北斎を見かえして、それからひくく平然とこたえた。

「あの晩でおざんすか。――一つは野分、一つは……わたし」

「では、津軽家へいったのは？」

「さくらと、あの絵師さまのむくろ。……駕籠から出てきたのが屍骸と知って、ほ、ほ、かついでいった駕籠かきはひっくりかえったそうでおざんすが、さくらが、ここまでくれば罪はおなじといいふくめ、お仕置よりこの方がよいでありんしょうと小判をやって口を縫いんした。……そのかえりに、西方寺から出てきたわたしをのせてかえったのでありんす。……北斎さま、どうしてそれがわかりなさんしたえ？」

「わからぬわい、薫、お前、投込寺で、な、何をしたのじゃ？」

「鴉爺さまをあやめ、絵を焼きんした。……」

まわりは、どよめく人の波、渦、流れであった。そのなかに、ささやくような問答をつづけていた北斎の声は、このとき、思わずひッ裂くばかりに大きくなった。

「な、なぜだ？　薫、あれは——あれは天下に絶する大絵師であったのだぞ！」

「わたしは、鴉爺いと思っておりんした。……」

薫の声は、依然としてもの憂げにつぶやくようだった。

そして、それっきり、彼女は唇をやわらかくとじて、ウットリと万朶《ばんだ》の花を見あげていた。

理由はそれだけなのか。実に、そうなのだ。彼女があの大天才を闇から闇へ、永遠に消し去ったのは、ただそれだけの動機なのであった。

しかし、茫然《ぼうぜん》と口をあけたままの北斎を駒下駄のうえから見下ろすと、やがてこの恐るべき誇りにみちた遊女は、あわれむように笑いながらいうのだった。

「わたしはひとにだまされるのは好きいせん。ひとさまのてれんてくだはいやでありんす。……」

「ば、ばかめ？　だれがお前をだました？　だれがお前をてれんてくだにかけた？」

「あの爺さまは、わたしの意地と張りに恥をかかせんした。……」
薫の双眸《そうぼう》にかがやく灯の光芒《こうぼう》に吸いこまれて、この刹那《せつな》北斎は、ふとまた魔のような芸術的意欲にとらえられていた。

夜桜の下で、青い竹垣にもたれかかった禿のさくらは、このあいだちらッちらッとこちらに可憐なながし目をくれながら、うたうように、長く尾をひいてつぶやきつづけていた。

「おいらんがいっちよく咲く桜かな。……おいらんがいっちよく咲く桜かな。……おいらんがいっちよく……」

夜ざくら大名

傾城《けいせい》を太白にするむごいこと

「やい、染衣《そめぎぬ》、廓《くるわ》をぬけようとした女郎は、どんな目にあうか、知らねえことはあるめえ」

と、頬《ほお》に赤痣《あかあざ》のある男は、あおのいて罵《ののし》った。

梁《はり》から、緋縮緬《ひぢりめん》の長襦袢《ながじゆばん》ひとつ、うしろ手にくくられてぶらさげられた女は、たれさがった黒髪をのた打たせて、

「勘兵衛さん、かんにんしておくんなんし」

と、息たえだえの声をもらした。

「かんにん？　おめえ、にげようとしたなあ、これで二度めじゃあねえか。仏の顔も三度というが、廓の法は一度でも容赦はならねえんだ！」

手の薪雑棒《まきざっぽう》があがると、女の尻へうなりをたてた。

「ひーっ」

笛みたいな悲鳴をあげて、染衣は、赤い独楽《こま》みたいにまわった。

「どうだ、かつら、このくたばり損い」

と、その下で、もうひとり縛られた女の髪をぐいともちあげて、馬みたいに長い、蒼《あお》い顔をした男がいった。

「間夫《まぶ》をつくる働きもねえくせに、心中しようたあ、ふてえ女だ、年季もあけねえに、いま死なれてたまるもんか」

ガックリあおのいた女ののどに、生々《なまなま》しい傷が、まだ口をひらいている。二三日前、客と心中しそこねた女郎であった。馬づらは、両手に縄をにぎって、その傷口にあて、ギューッと横にこすった。女は獣《けもの》のような叫びをあげて身もだえした。新しい血が、ダラダラと胸につたわった。

「表へつき出しゃ、日本橋で三日さらし者だ。この恥ッさらしめ、少しは身にしみるがいいや」

もうひとり、隅の柱にくくられていた女郎は、ふたりの朋輩の折檻《せっかん》のむごたらしさに、恐怖のあまり歯ぎしりした。

「あっ、牙《きば》をといでいやがる、この女」

と、傍にニヤニヤしていた大男が、いきなりじぶんの裾《すそ》をまくって、毛だらけの尻を出した。

「やい、雛菊《ひなぎく》、てめえ、勝手な客えらびをしやがって、御亭《ごて》さんのいうことをきかねえ上に、よくもおれの尻にかみつきやがったな。よくみろ、痣《あざ》をつけやがって、このあばずれめ」

「ゆ、ゆるして――」

「痣をなめろ。おれの尻をなめろ」

と、女の鼻さきへ、毛だらけの尻をつきつけた。女は、むせび泣きながら、犬のように舌を出して、その痣ばかりではない、へんな腫物《できもの》のあともみえる尻をなめはじめた。

こわれた火鉢や、破れ蒲団《ぶとん》のつんである、物置とも蔵ともつかない、うすぐらい部屋の中であった。廓者《くるわもの》以外のだれがこの吉原で一二をあらそう松葉屋の絢爛《けんらん》たる朱塗《しゅぬり》の格子の城の中に、こんな地獄がかくされていると知ろう。しかし、脱廓をこころみた遊女、心中しかけた女郎、楼主にそむいた花魁《おいらん》たちが、むごたらしい仕置《しおき》をうけることは、この快楽《けらく》の国の不文律なのであった。近松門左衛門《ちかまつもんざえもん》が『傾城酒呑童子《けいせいしゅてんどうじ》』に、「五十貫に買うて一万両にもする奴じゃ、その根性をなおさぬかと、縛って長押《なげし》につり下げらるるときもあり、柱を横にわたして足をくくりつけ、木馬とやらにのせられ、夏の夜ははだかにして植込みにくくりつけ、蚊に責めらるるときもあり、食をとめられ、うちたたきは常のこと。……」とかいたとおりだ。

しかし、そうはいうものの、この三人の男の仕置ぶりは少しあくどすぎる。地者禁制《じものきんせい》といって、廓には、楼主、妓夫《ぎゆう》、幇間《ほうかん》、それからこの三人のように、床廻し、二階番、油つぎなどの女郎屋者は、遊女に手をつけてはならないというかたい掟《おきて》があるので、ふだん禁断の花として大事にあつかっているはねっかえりが、こういう私刑のとき、異常なむごたらしさとなってあらわれるのかもしれないが、それにしても、この三人には、少なからぬ残虐性があるらしい。

「へっへっへっ、おれの尻をなめた口で、またなめられるお客の面《つら》がみてえ」

三人はどっと笑った。めったにはないが、しかし暗黙のうちに公然とゆるされたこの嗜虐《しぎやく》の快楽に、三人の男は酔っぱらって、そのあくことをしらぬ悪ふざけは、いよいよ毒々しくなってゆく。哀れな女たちの悲鳴と泣き声とあえぎと、男たちの馬鹿笑いがもつれて――突如ピタリととまった。

「おや？　だれだ」

と、痣が気がついて、ふりむいて、さけんだからだ。入口に誰か立って、じっとこちらを見ている。坊主あたまだ。黒い影はふところ手をしている。

馬が、突然、けたたましい笑い声をたてた。

「へへへへへへ、これアおひとがわるい。お客さまが、こんなところへおいでなすっちゃあいけません。どうぞ見ない顔をしておくんなさいまし」

「あぶら坊主の丈念《じょうねん》」

と、その影は、錆《さび》のある声で呼んだ。馬づらの丈念は棒立ちになった。

「ひえっ」

「毛唐捨《けとうすて》」

「ひえっ」

と、毛だらけの尻がとびあがる。

「とんびの勘兵衛」

「ひえっ」

「廓の仕置はおれの知ったことじゃあねえが、おめえたちの面にゃあ、知らねえ顔はできねえ喃《のう》」

羽織着て降魔の利剣一本さし

紫ちりめんの被布《ひふ》をユッタリと着て、黒天鵝絨《くろビロード》の襟《えり》からにゅっと色白のふとった顔が出て、ニコニコと笑っている。左の高頰に大きな黒子《ほくろ》一ツ。

いましも、三味線の音に浮かれて、幇間《たいこ》の志庵がひょうげた踊りを踊って座にもどったところだが、ここに入山形《いりやまがた》に二つ黒星、松葉屋秘蔵の花魁さくらをはじめ、花新造、咲新造、振袖《ふりそで》新造、番頭新造、禿《かむろ》からやりてまでずらっと居ながれているのに、なぜかひいんやりとしたものがながれているのは季節が秋ばかりのせいではない。この客がきたときは、いつもそうなのだ。ニコニコしているのに、どこか恐ろしいところがある。

——隅に坐っていた亭主の松葉屋が、おびえたような笑顔で、

「まず、花魁が浮かねえ、ちっと浮かし申そうじゃないか」

と、いうと振新《ふりしん》の梅春も、

「もし、花魁え、ちっと浮き浮きしなんしな。ここがしらけんすにえ」

と、口をそえたが、花魁さくらは、かすかに笑ったもののべつに客のきげんをとりむすぶでもなく、

「ちっと心持がわるうおざりいす」

と、珊瑚《さんご》の笄《こうがい》に白い手をあてて、あおむいた。

きげんのよいのは、当の坊主の客ばかりで、

「それじゃあ、ひとつ陽気にさわぐとしようかの」

と、笑顔でふりむいて、

「御亭主」

松葉屋の亭主半左衛門は、ちょっと顔いろを蒼くした。

この客は、おそろしく金切れのいいことがあるかと思うと、ときに桑の木刀や銀ぎせるなどをとり出して、「これア紀州家からの拝領物だ」とか「細川の殿さまのお品だ。つりはいらねえから、宝物にしておきな」とかいって、澄ましてかえってゆくことがある。どうもうれしくない客だが、それで文句一つ云わないのは、むろんそんなコケオドシの品物に恐れ入っているわけではなく、松葉屋の亭主、どうやらこの客にあたまのあがらぬことがあるらしい。

「そこで、そこに並んでいる三つの雁《がん》くびだがな」

と、あごをしゃくった。廊下にうす寒そうに、さっきの三人が並んでいる。

「ここで何と呼んでいるかはしらねえが、素姓はみんな江戸を構《かま》われた兇状持《きょうじょうもち》、とんびの勘兵衛に毛唐捨、あぶら坊主の丈念という野郎だってえことは御承知かな。……」

「い、いや、まったくそれは存じませんで……」

「左様かな、面をみるのは眼のこえた御亭《ごて》さんが、みるからに女郎屋者にゃ縁の遠い悪《あく》党面《とうづら》をかかえこむにゃ、なんか深え仔細《しさい》があるだろうと思っていたが――」

「だ、旦那《だんな》さま！」

と、亭主は平ぐもみたいに、あたまをたたみにこすりつけて、

「こ、この件は、どうぞ御内聞に――これ、おまえたちもおたのみ申しあげねえか」

三人の兇状持も、ばったみたいにペコペコした。坊主はいつしか笑顔をけして、凄味《すごみ》のある声で、

「それア、内聞にしてやらねえでもねえが……それには少うし注文がある」

「へ、そ、そりゃあどういうことで？」

「おれをあそばせてもらいてえ」

「それは、たやすいことでございます。どうぞ、お気のむくままに――」

「いかにもたやすいことだ。これ、勘、捨、丈念、はだかになれ」

三人、顔を見合わせた。

「おい、ならねえのか？」

「な、なります。なります」

まごまごしながら、ふんどし一つになった。

「なるほど、毛唐と名のつくほどあって、人間より獣《けもの》に近えの」

坊主はニンガリとして、

「おい、雛菊、かつら、染衣、こいつらを馬にして、座敷じゅう乗りまわしてやれ」

といった。衝立《ついたて》のかげにボンヤリ坐っていた三人の遊女はおどろいたように口をあけた。

「こら、てめえら、這《は》っていって馬にしてもらえ。それがいやなら、恐れながらと訴え出るぞ。笠の台がとぶより、馬になった方がましだろう。ゆかねえか」

三人の悪党は四ツン這っていって、三人の遊女のまえにあごをこすりつけて、上にのってくれることを哀願した。坊主の凄い眼ににらみすえられて、遊女たちはおずおずとその上にのる。

「あるけ、あるけ、座敷じゅうをあるきまわりゃがれ。ははは、丈念なんざ、馬より馬相がいいじゃあねえか」

思わず一座は笑い出した。三人の馬も苦笑いすると、

「馬が笑うってことがあるか。ひひンといななくもんだ。それからの、あとでこれを根にもって害をすりゃあ、おれの耳は地獄耳だ、そのままにゃすておかねえから、前もって念をおしておくぜ」

馬は、ガバガバとあるきまわっている。だんだんあごが出てきた。

「人間さまをおとしたり、おれがいいというまで前足を折ったりしてみやがれ、そのま、おれは、恐れながらと――」

三人、歯をむき出して、泡をふいてきた。その可笑《おか》しさに遊女たちが笑いころげる。この連中がいかにじぶんたちをいじめたか、誰にもおぼえのあることだけに、痛快の念をおさえ得ないのだ。

「はいし、はいし！　あるけ、あるけ」

と、坊主はわめく。三人の馬の背骨は弓のようにくぼみ、あごと尻をつき出しその姿は珍をきわめているが、顔は紫いろになり、ふいごみたいに息を吐いて、恐ろしい苦悶《くもん》

の形相だ。

「まだまだ！　まだまだ！　まだ宵の口だぞい。ゆっくり、大引けまで精を出して、花魁の股《また》ぐらをねってやれ」

すっと、さくらが立ちあがった。坊主は見あげて、

「花魁、どこへ？」

「なんだか、気分が悪るうありんす。しばらくはずさせていただきんす」

「おや、おめえ、こんなことはきれえか。あ！　まさか、あのとんびの勘兵衛の背なかにあるとんびの彫物《ほりもの》は、おめえのおやじの彫《ほ》った奴じゃあるめえな」

「まさか、あんな奴の――」

と、さくらはいいかけて、

「わたしは、松葉屋の遊女でおざんすにえ、こんな下卑《げた》たあそびは好きいせん」

裾《すそ》をながくひきずって、すっすっと廊下へ出ていった。

鐘を十つくのにあばた失せぬなり

坊主は苦笑いして、

「なんだ、花魁をうれしがらせてやろうと思ってやったことだが、あは、はは、こいつあやりそこねた。御亭さん、もうよすからといって、花魁を呼んできておくれ」

松葉屋の亭主は、あわててあとを追っていった。

と、すぐにその方向で何か大きな叫び声がきこえた。

「あっ、あの声は」

と、幇間《たいこ》の志庵が耳をびくっとさせて、

「あいつが来てたのか？」

「あいつとは誰だえ？」

「へえ、山村大膳《だいぜん》ってえ、浪人者で——」

「それが、どうしたえ？」

このあいだにも、新造や禿が立ちあがって、バタバタとその方へかけてゆく。

「これがひどくタチのわるい客でゲシてね、花魁にあくどいいたずらはする。酒乱であばれる、こいつが、アバタのくせに、相手もあろうにさくらさまに惚れやがって、そのしつこいこと、廓で鼻つまみの双璧《そうへき》の一人でゲス。――」

「双璧ってえと、もうひとりは誰だえ？」

「あわわわわ」

坊主はニヤニヤした。志庵は顔をなでまわしながら、

「それで、その、こないださんざん遊んでから、金はねえといいやがる。だから会所へつき出して桶伏《おけぶ》せの仕置きかけたんでゲスよ。きっとその仕返しにきたんでござんしょう。どうして、あんな奴をあげたんだか――」

坊主はぬっと立って、被布《ひふ》をぬいだ。あるき出して背をみせると、背に薄墨で髑髏《どくろ》をそめ出している。


廊下の曲角《まがりかど》で、亭主はまた頭をこすりつけていた。

「さ、左様なことを申したおぼえはござりませぬが――」

「なに、吉原きっての大籬《おおまがき》松葉屋の亭主が食言《しょくげん》いたすのか。おれをしばった会所の四郎兵衛もきいている」

わめいているのは、なるほどあばただらけの浪人者だ。色あくまで黒く、唇は夜着の袖のよう、ただ眼だけ凄《すさ》まじいひかりをおびている。

「たしか、てめえは、素寒貧《すかんぴん》の痩《やせ》浪人め、木の葉でいいから四百両つんでみせろ、さくらは証文をまいて身請《みう》けをさせてやるとぬかしゃがった。いいか、木の葉でねえぞ、そうら、ここに百両！」

ふところから、両手に切餅《きりもち》二つ摑《つか》んで、チーンと廊下にたたきつけた。

「もう百両！」

白くひかる眼で亭主をにらみつけたまま、

「それ百両！」

最後に両たもとから二つずつ。

「これで四百両！」

「なんだ、切餅が湯気をたててるじゃあねえか。小判一枚が四匁三分、四百両といやあ二貫目ちかく。こいつをふところに沈めて歩きゃ、いじかり股になるだろう、よくおめえ淋病《りんびょう》とまちがわれなかったの」

うしろから、ズイとあゆみ出た坊主を、ギラリとにらんで、

「やっ、てめえなんだ」

「あれえ、おめえ、おれを知らねえのか。こいつあおどろいた。おめえ、吉原ばかりじゃあなく、江戸にももぐりだな。どこの山からとれた軽石野郎だ?」

ふところ手のまま、クルリとからだを一回転させると、背中に染めた凄じい野ざらし。

「さくらはたったいまこのおれが五百両で身請けをした。練塀小路《ねりべいこうじ》の河内山って野郎だ。見知っておいてもらいてえ」

「あっ……さてはおぬしが、あの音にきいたお数寄屋坊主の宗俊《そうしゅん》か!」

浪人は、ぱっととびずさったが、やがてニヤリと笑って、

「面白い。相手が河内山なら、花魁の引合をするに不足はねえ」

といったのは、この男、ほんとにもぐりの田舎《いなか》っぺえか、それとも河内山にひけはとらない不敵な悪党か。

「何にせよ、先立つものは、それだ」

と廊下につみあげた切餅をあごでさして、

「なら、おめえ、そこに五百両つんでみろ」

「それより、この四百両はひきとれねえ、まず、しまっときな」

「な、なぜだ」

「この二三日、江戸のどこかに辻斬りか押し込みか、そんなものがなかったか調べてみなくっちゃあね」

笑う宗俊に浪人もうす笑いした。

「へっ、おのれに引きくらべて、たった四百両をつめば、泥棒だと思ってやがる。噂《うわさ》ほどにねえな、河内山」

河内山の白い頬に、すっと朱がさした。

「ぬかしたな、あばた野郎、うぬはこないだ、うす汚ねえ食い逃げをしやがって、桶伏せの恥をかきやがったそうだの。そのてめえが、いま四百両をつんできたのはうなずけねえ」

「フ、フ、フ。そうくるなら。教えてやる！」

と、山村大膳はまたニヤニヤして、

「実はな、富突《とみつき》にあたったのよ。一番の当り、五百両！」

「富突？　どこの富突だ。江戸じゅう三十三ヵ所の富突、どこのどいつが出番を買ったか、みんな知ってる河内山だぞ。うぬのような野良犬が当ったとはきいたことがねえ」

「ははあ、これアやっぱり買いかぶりだ。河内山、さてはケチくせえ蔭富《かげとみ》をやっているとみえるな。だが、おめえも知るめえ、おれの買ったのは、水戸さまの富突だ。うそだと思うなら、本所小梅、水戸の下屋敷にいってきいてみろ」

「なに、水戸の富突？」

富は神社仏閣《ぶつかく》の改築修繕の費用を得るために許可されるもので、興行の場所も寺社の地域にかぎられているのだが、そういえばこのごろ水戸邸で、公然とではないが、藩中の融通《ゆうずう》のためと称して、富の札を売り出しているときいたことがある。——

が、さすがの河内山も、この富突ばかりは不案内であった。宗俊は立ちすくんだ。

「はははは、どうだ、わかったか。そんなら、さくらは、おれがたしかに身請《みう》けをしたぜ」

と、山村大膳はあざ笑って、傍のさくらの手をムズとつかんだ。

「あっ、いやでありんす！」

身をもみねじる花魁のからだがうしろへ押しのけられて、そのあいだにすっと入ってきた影がある。

「ちょ、ちょっと待っておくんなさいまし、お武家さま」

「なんだ、てめえ――」

　さくらをかばって、ニッコリ笑っている若い額《ひたい》、髷《まげ》のはけ先をよこっちょにはねて、町人ともやくざともつかない風態《ふうてい》の男だ。

「いくら、金をつんで身請々々とさわいだところで花魁がいやだといったら、これアしかたがござんせん。それにむりを通すのア、これア野暮というもんで――」

「あっ、金さん！」

　と、さくらはヒシとしがみついた。

「おめえ、誰だえ？」

　と、ジロリと河内山。

「今、しばらくわらじをはいていやしたが、この松葉屋の甥《おい》で居候、金四郎ってえ若僧で――」

　花魁さくらは金四郎によりすがって、かがやく眼で海坊主と狼《おおかみ》みたいなふたりの客を見つめて、

「そして、わたしの間夫でおざんす。よく見知っておくんなんし。——」

禿聞け身が長唄は観世流

うそではなく、むかしからこの松葉屋でゴロゴロしていてこの一ト月あまり前からふっとどこかへ姿をけしていた金四郎である。

松葉屋の甥《おい》というのはうそだろうとさくらは見ている。これほど意気な、気ッ風のいい男が、因業《いんごう》な亭主と血のつながっているはずがない。が、素姓をきくと、松葉屋の故郷、相模《さがみ》の豪農の勘当息子だとか、ときには松葉屋のむかし世話になった日本橋の商家の道楽息子だとか、口から出まかせをいって笑っている。亭主もこればかりは打ちあけない。

なんでもよかった。さくらは金四郎に惚れていた。それはこのところ金四郎が留守にして、いよいよわが胸に思い知ったことである。

「金さん、どこへいっていんしたえ？　わたし、恋しゅうて恋しゅうて……」

じぶんの座敷にひきずりこんで、ふたりだけになると、さくらは花のくずれるように、いざり寄ろうとした。

「おっと、待ってくれ」

と、金四郎は笑いながら身をひいて、

「相変らず――いや、久しぶりにみると、眼もくらむほどごうせいにきれいだな。愛嬌《あいきょう》がこぼれるようだ。が、おれのまえなんかでうっかりこぼしてくんなさんな。ひょっとしてふンづけるといけねえ」

「にくらしい、あんなことをいいなんして――金さん」

「待った、待った。あんまり寄られて、人の眼にかかると、ひとさわぎになるぜ。廓《くるわ》者《もの》が花魁といいちゃついちゃ、廓の法度《はっと》にかかるってことよ」

さくらは、うごかなくなった。無限の哀艶《あいえん》さをたたえた眼が、じっとかなしげに金四郎を見つめる。

金四郎は眼をそらせて、しみじみと、

「おめえ、相変らず、苦労をするなあ。そうきれいなのも、考えものだな。おめえがそれほどきれいじゃなかったら、名人彫松《ほりまつ》の娘だ。こんなところへ来ることあなかったかもしれねえ」

さくらは江戸ッ子も江戸ッ子。浅草で、針をもたせては当代一といわれる彫松の娘だった。ただこの彫松は、名人らしく、恐ろしい怠け者で、大酒呑みである。娘を遊女にたたき売り、へいきで酒をあびているこまった親父だ。さくらという源氏名《げんじな》も、彼女の雪のような左腕に、気まぐれに父が彫った一朶《いちだ》の桜が、曙《あけぼの》のように美しく浮かんでいることからつけられたものであった。

「河内山か、おっかねえ奴に見込まれたな」

「あのひとは、きらいじゃありんせん。悪あそびでも、どこか面白いところがござんすけれど、あの山村っていう侍ばかり、ふつふつ、いや」

さくらは、ふと眼を宙にすえて、

「いろいろな客がおいでなさんす。このごろ、もっと妙な客が」

「ほう？　どんな？」

「まるでお大名のおしのびのような」

「なに、大名？　大名の廓通いは、明暦万治《めいれきまんじ》のむかしはしらず、八九十年もまえ、尾張の殿さまと姫路の殿さまがここにとびこんで、ひとり国替《くにがえ》、ひとりは押込隠居《おしこめいんきょ》になって以来、すっかりあとを絶ったはずだが、こいつあ豪儀《ごうぎ》だ、なんと話せるお大名じゃあねえか。どこのどなたさまだろう？」

「そんなことは分りいせん。いったい大名なのかちがうのか、それもはっきりしたわけでは」

「じゃなぜ、大名のようなとは」

「御本人はさばけていなさんすおつもりかも知りんせんが、その物腰のはしばしから。みんな、長唄観世之守《かんぜのかみ》さまと呼んでおりんすけれど」

「なんだ、そりゃ、いってえ」

「いつか、そのお方が長唄をきかせようかといいんして、うなり出したのが観世流なので、みんな笑いころげてからでありんすよ。……でも、わたしは、恐ろしいことが――」

「恐ろしいこととは？」

「いつも着ておいでなさんすのは、あれは御家来衆のものでありましょう。ただいちど、その御印籠《ごいんろう》に、葵《あおい》の御紋が……」

「なんだと？　葵の御紋が！」

これは金四郎もきもをつぶした。

「け、け、家来は、家来がついてくるのか」

「はじめ二三度それらしいものがついてきて、重病人のような顔でその方の顔ばかり見ていんしたが、おまえらつれてくるのではなかったとこぼしなんして、それから、ブラリとただおひとりか、またはへんな奴ひとりを供に」

「へんな奴とは？」

「あの直侍」

「なに、あの片岡直次郎と。――あんな悪御家人《わるごけにん》が、どうしてまた？」

「なんか、そこらの居酒屋で知り合ったのだと」

「そいつあいけねえ、あいつは、とんでもねえろくでなしだよ」

「でも、そのお方は、面白い奴じゃとひどくお気に召したらしゅうありんすよ」

「で、その観世――観世之守さまとやらは、と、年はいくつくれえだ？」

「ふっくらとした色白、そういえば、ちょっとおまえに似ていんすが」

「じょ、冗談じゃねえ、おれはそんなおっかねえところと縁つづきじゃねえや」

「年ばえは、おまえより、五ツ六ツ上、さあ、三十くらいか。――」

金四郎は腕をくんだ。

「ふうむ。ちょっとるすをしていたあいだに、妙なものが通い出したの。それで、そいつはおめえが気に入って通ってくるんだな」

さくらはだまって、花魁らしくもないあかい顔をして、言葉をそらした。

「こないだ、わたしの腕の桜をふと見つけて、ほほ、これが世にいう刺青《いれずみ》か、美しいものじゃの、片岡にきけば、おまえの父は刺青の名人じゃそうな、いつかわしもおまえとおなじ桜を彫ってもらおうか、など笑いんした。……」

「へ？」

と、まじまじさくらの顔をみて、いきなり金四郎はピシャリとひざをたたいた。

「こいつあ、当てられた！」

そのとき、廊下にパタパタと草履《ぞうり》の音をみだして、禿がふたりかけてきた。

「もしッ、花魁え」

顔いろをかえ、息をはずませて、

「また、あの長唄観世之守さまがおいでなさんした。――」

御曹司《おんぞうし》名香を履き通う也

大引け、九ツの拍子木が鳴って、そのまえ、必死に幾つかの四手駕籠《かご》が駈けこみ、そのあと、また十幾匹かのニガ虫そのものみたいな振られた客がかえっていってから、日本堤の上には、ただあかるい秋の月が一つ、風にふかれているばかり。

その下を、ひとり、ぶらぶらとあるいてゆく影がある。頭巾《ずきん》をつけているが、月あかりに見ても大身とみえる武家だ。のんきそうな足どりで、

「人の末、水のながれと浮きつとめ、禿だちから廓に住めど、ただいつとなくあけくれに、暦《こよみ》くり出す品定め、今日は鉄漿《かね》つけ袖止《そでど》めの、紋日物日をかぞえてくらす廓《さと》の花。……」

謡《うた》いではない。それにちかいが、これでも長唄である。

「殿御《とのご》待つ夜は久しゅうて、首尾のなる夜のみじかさよ……」

はたとその足がとまった。ぐるりとまわりを見まわして、

「何やつだ」

しずかな声でいう。

土手の片側の草むらから、シーッと夜霧のごとく這いよってくる剣気。——とみるまに、その霧が突如としてみだれ、いくつかのかたまりに凝《こ》って、鴉《からす》みたいな黒装束《くろしょうぞく》の姿が浮かび出た。

「やあ、余を何者と知っての闇討ちか？」

「御意《ぎょい》」

さっと、薄《すすき》の風になびくように幾すじかのひかりがぬきはなたれた。

「恐れながら、御命、頂戴つかまつる！」

ヒタヒタと前後から寄る狼群《ろうぐん》の一匹が、ぱっと飛びかかろうとして、

「下郎、退りおろう」

叱咤《しった》された。声はさほど高くもないのに、それがどれだけ本能的な威圧をあたえたのか、どっと狼たちは声のとおりにあと退った。が、たちまちひとりが狂い立って、

「うぬ、お家の大事だ、やれっ」

ふたたび猛然と月光に土埃《つちぼこり》をまいてうごきかけたとき、その一角の背後がどっと崩れた。

「長唄の殿さま、助けに来ましたぜ！」

観世之守をかばって、颯爽《さっそう》と立ったのは金四郎、片手にクルリと裾をまくり、片手に匕首《あいくち》をふりかぶって、

「江戸じゅうのひとが、浮き浮き通るありんす国の街道に、へんな鴉が出没しちゃあ商売のさまたげだ。みんな羽根を斬ってやる、さっ、来やがれっ」

恐ろしく威勢はいいが、手にひかるのは匕首一つ、それとみて、

「素町人だ。斬れっ」

黒い旋風《せんぷう》が殺到したが、たちまち二三人、蹴たおされ、ひとりは地に刀をおとしてよろめいた。

「痛《つ》う」

おさえた肩から、地に曳《ひ》く血の糸。

「や——駕籠がくる。ひけッ」

と、ひとりがさけぶと、みんないっせいに、木の葉のごとく月光の蒼みに散り沈んでしまった。

「殿さま、お傷などはござんせんか」

「そちは何者じゃ」

金四郎はペコリとお辞儀《じぎ》をした。

「へ、へ、吉原の番犬で――」

「廓の若い者か。それにしては、腕が立つの。余は感服いたしたぞ」

遠くから、ホイ、ホイ、という駕籠の声が近づいてきた。

「そちは、余の素姓を知って助けてくれたのか」

「いえ、その、ただ長唄観世之守さまと――おしのびで廓通いをなさるのもうれしいが、なかであのさくら太夫にお目をおかけなさるたあ、とんだ風流なお大名もあるものと、涙のこぼれるほどで――」

「はははは、面白い奴じゃ」

「面白い奴は殿さまの方で――」

「ところでな、せっかくじゃが、余は大名ではないのじゃ。それほどありがたがってくれることはないぞ。身分はかくしておったが、命を助けてくれた男に名を名のらんでは礼にそむこう。余は徳川――」

と、いいかけたとき、向うから息杖《いきづえ》ふってとんできた四手駕籠が、矢のようにゆきす

ぎかけて、

「あっ、待て！」

かん高い声が、勢いで二間ばかりいってから、駕籠を地におろすまもなく、どっとひとりの侍を吐きおとした。

「け、敬三郎の君ではございませぬか！」

「藤田虎之介よな」

月光をすかして、眉をひそめ、

「いつも来るなと申してあるではないか。野暮な奴じゃ」

「左様なことではございませぬ。一、一大事でござるっ」

と、かけ寄って来て、ふと金四郎を見つめ、

「これは？」

「余の恩人じゃ。それより、一大事とは何だ」

「はっ、せ、先刻、殿が――」

「何、兄は亡くなったと申すかっ」

観世之守は立ちすくみ、武士は両手を大地についたまま、うなだれた。

しばらく沈黙がおちて、やがて両人のあいだに嗚咽《おえつ》に似た声がながれた。

「そうか、亡くなったか。もとからからだのお弱い兄上ではあったが、まだおん年三十三の若さでおわすに」

「おいたわしさはさることながら、敬三郎さま、これにていよいよ御大切なおからだとおなりあそばしてございますぞ。かかるいかがわしき場所に徘徊《はいかい》あそばすなど、以ての外」

そういう家来はまだ二十三四歳とみえるのに、老人のようにきびしいひびきがある。

敬三郎の君は苦笑して、

「虎之介、そちはだんだん死んだ幽谷《ゆうこく》に似て参ったの」

「殿――もはや、あなたさまは、水戸家の殿でございます。殿の御一身は殿のものならず、水戸家にとって――いやいや日本にとっても大柱となるお方でございますぞ」

「虎之介が、また大きなことを申す」

と、いったが、敬三郎の眼がかがやいて、それからまたたいた。

「まだ、わからぬわ、おれには敵が多い。ははあ、さてはそれできゃつら、焦ったのだな。ただいまの狂犬《やまいぬ》ども――」

「何事か、起ったのでございますか?」

「うむ、ここで黒い奴らが十人あまりとび出しおったがな。あの男に助けられたのだ」

金四郎は、二三間むこうの路上に、うずくまって、首をたれていた。彼はようやく長唄観世之守の正体を知ったのである。

「それは――なんたる逆賊ども」

「将軍家をうしろ楯としておるつもりの奴らじゃ。気はつよいわい。はははははは。まだまだわしが帰ってもひと騒動だぞ」

「あいや、その御心配はございませぬ」

と、虎之介は虎のごとく眼をかがやかせて、

「殿がおかくれあそばす前、『朶雲片々《だうんへんぺん》』と題する御書を執政《しっせい》におわたしあそばし、執政は中をよんで粛然《しゅくぜん》としてその御書をお屋敷にとどけ参りました。それには、はっきり、水戸家のあとを嗣ぐものは弟敬三郎とおしるしでござった!」

「なにっ、兄が!」

と、うめいて、ややあって、敬三郎の眼にキラリとひかるものがあった。

「朶雲片々、とな」

そのとき、どこかで、

「朶雲片々。……」

と、鸚鵡《おうむ》がえしに呟《つぶや》く声がきこえた。

佞人《ねいじん》が寄って吉原雀にし

むこうにゆきすぎて、待っていた空駕籠《からかご》のかげから、ぬっと立ちあがった影がある。駕籠かきではない。パチーンと鞘《さや》に鍔《つば》の鳴る音がきこえたのは、いつのまにか忍びよって刀で駕籠屋を威嚇《おどか》していたものとみえる。

「その書きものは、是非とももれえてえ」

のびた月代《さかやき》を風になぶらせて、ひとりの浪人が近づいてきた。ものすごい菊石《あばた》、夜着のような唇。

「あっ、山村大膳！」

かすかにさけんで立ちあがったのは金四郎だが、こちらの主従はあきれ顔で、その薄汚ない浪人者を見まもって、

「なんじゃ、そちは」

「天下の浪人」

藤田虎之介、ぱっと大刀の柄《つか》に手をかけて、

「寄るな、無礼者、ここにおわすは——」

と、さけびかけて、急に声をのんだ。

山村大膳は厚い唇のあいだから、乱杭歯《らんぐいば》をむきだした。

「あとは言えまい？」

「なに」

「代りにおれが言ってやろう。ここにおわすは、御三家の第一、水戸中納言斉脩《なりのぶ》公の弟君、徳川敬三郎斉昭《なりあき》どの」

「むう」

「声が小さいか。もっと大きな声で言ってやろうか。この日ごろ廓がよいにうつつをぬかし、松葉屋の花魁さくらに眼じりをさげている水戸の斉昭っ」

「だまれっ」

藤田虎之介が抜打ったが、山村大膳、ポーンと一足とびに駕籠のところまでとびのい

た。逃げは逃げたが、顔に似合わぬみごとな体術。

「よい、よい虎之介、捨ておけ」

と、斉昭は笑い出して、

「浪人、まだ声が小さいぞ。もっと吠《ほ》えてみせてくれい」

「なんだと?――おい、虚勢をはるのはよせ。それでなくてさえ、敬三郎斉昭は、やれ兄に対して不逞《ふてい》だ、やれ気まま者だという噂がたかく、斉脩公のあとつぎには将軍家第四十七子――いやどうも、生みも生んだりな。そのおあとがまだ七人もあるのだから恐れ入る――清水恒之介どのをむかえようとする江戸の一派あり、とにかく老中水野出羽と組んでいるのだから、お前さんたちもウカとはしておれまい。そこへお前さんの廓狂いの噂が立ってみろ、そりゃもういっぺんにペケだな。どうだ?」

「うーむ、そこまで水戸家の秘密を存じておるとは、こやつ生かしてはおけぬ。そこうごくな!」

とまたも虎之介がうごきかけるのを、

「さわぐな、藤田、秘密を知られてこまるのはわれらではない。なるほど、世の耳口は、ふさげぬものよ喃《のう》」

斉昭は快活に笑った。

「これ、浪人、ペケかポコか知らぬが、余はかまわぬぞ。そういう噂が立つように、余は吉原に通っておるのだ。天が余を水戸の当主にしたいと思えば、左様な瑣事《さじ》になんのかかわりがあろう」

「あいや、殿、人事は左様なものではございませぬ！」

と、虎之介は身をもんだ。

「そうだ、そうだ、そうだろう。だからおれの言うことをきけ」

と、山村大膳は勢いを得て、唾《つば》をはねとばし、

「おれのいうことをきかぬと、敬三郎君の行状を、江戸じゅうにふれてまわるぞ！　それでこまるなら、その御書とやらをよこせ」

「おお、そうだ。朶雲片々が欲しいと申したな。左様なものを手に入れて、そちが何にいたす？」

「知れたことだ。お前さんの敵側へ売って、金にするのだ」

「さてはやっぱり、そちは奸党《かんとう》に飼われている犬の一匹じゃな」

と、斉昭は大膳を見あげ、見下ろし、暗然として吐息《といき》をついた。

「ああ、余の敵とは申せ、おなじ水戸藩の重役どもが、かかる猫とも豚ともつかぬ浪人輩を使うとは……なるほど、これでは余が一日もはやく当主となって、掃除をしなければなるまい」

「何をいってやがる」

犬、猫、豚、全然畜生呼ばわりされて、山村大膳、眼をむき出した。斉昭は微笑して、

「すこし、そちに話をききたいことがある。話によっては、朶雲片々とやらをつかわしてもよい。余が屋敷へ参らぬか」

「その手はくわねえ。つれていって、ふン縛《じば》ろうたって、そうはゆかねえ」

「しからば、つかわしようがないではないか」

大膳は眼をギラリとひからせた。動物的な兇暴な眼に、ふと狡猾《こうかつ》なものがうごいて、

「ある」

「どうするのだ」

「お前さんを、人質《ひとじち》につれてゆく」

「たわけ」

おどりあがる虎之介を斉昭はおさえて、面白そうに、

「それで？」

「家来が、そいつを持ってこい。そしたら、主人をかえしてやる」

「どこへもってゆくのだ」

「そうだな、雑司《ぞうし》ケ谷《や》の腰掛稲荷《こしかけいなり》、あそこに絵馬がいくつかかかっているが、その中に一ツ家《や》の絵馬が一枚だけかかっている。あそこの裏に入れてもらいたい。そうすれば、主人はかえす。さあ、斉昭、どうだ？」

「それで、余をどこへつれてゆこうと申す？」

「べらぼうめ、そいつをしゃべってたまるかってんだ。これから眼かくしをして、あの駕籠にのせてつれてゆく。いやか」

「………」

「いやだというならお前さんの不身持《ふみもち》を江戸じゅうに――」

「ゆこう」

と、敬三郎は破顔した。虎之介は仰天《ぎようてん》して、

「あいや！」

「敬三郎、三十年の部屋住《へやずみ》時代、最後のあそびじゃ。かような面白いことは、またと後になかろう」

「ほかの場合ではござらぬ。殿がお亡くなりあそばしたときでございますぞ。お屋敷では、みな、あなたさまのお帰りを待ちかねております」

「左様かな。みんなこわがっておるのではないか」

と、斉昭は笑いながらも、眼をキラリとひからせた。

「余が、兄の死を待ちかねておる、と悪評たてた奴らがウヨウヨしておる。そこにのりこむ敬三郎だ。もうちょっと、間をおいたほうが、きゃつらの気勢をそぐことにもなろう」

「しかし、大事の御身を！」

「日本の柱とそちが申した斉昭であるぞ！　かかる猫豚浪人ずれが何じゃ」

大喝《だいかつ》されて、はじめて虎之介は、にっと笑って、敬愛の念にみちた眼で見あげたが、

「ただ、例の御書でござります。あれを敵側にあたえては――」

「ばかめ、兄の遺言なくば、水戸の主となれぬようでは、所詮《しょせん》余に器量がないのだ。斉昭、主となるときはなる！」

天空海闊《てんくうかいかつ》、凛然《りんぜん》とした声だ。

「虎之介、その御書とやらを、気がむいたとき腰掛稲荷へもって参れ。それまで余はこの野良犬とあそんでおる」

「ほう、しかし、あの御書、虎之介ごときに、自由に持ち出しはむずかしゅうございます」

「東湖と申せば、水戸家の未来を負う才物と噂がたかいそうではないか。そんなことは何とかなるであろう」

「なかなか以て——」

「やいやい」

と、山村大膳は、しびれをきらしてわめき出した。

「てめえら、主従で、やれ日本の柱だの、未来を負う才物だの、いい気になって勝手な高慢を吐きやがって、ひとのことは猫だの豚だの、いいかげんにしねえか。——さっ、こいっ」

斉昭は、笑いながら、めかくしをされ、駕籠にほうりこまれた。

「ゆけっ。追ってくると、承知しねえぞ！」

駕籠はあがる。刀をひっこぬいて威嚇《いかく》しながら大膳はいっしょに走り出す。

「だ、大丈夫でござんすかえ？」

すっと、金四郎が寄ってきた。

虎之介は、ちらっとふりむいたが、この男のえたいがまだ知れないのでだまっている。それより、その巨《おお》きな眼は、迷いの色でいっぱいであった。

主人に対する不安と信頼。

御書を敵にわたして然《しか》るべきか否か。主人はあれを一片の木の葉のように思っているらしいが、彼には必ずしもそうとは思われぬ。かといって、主人の廓狂いの噂を世にたてさせてよいかわるいか。これまた主人は平気の平左らしいが、彼にはそう晏如《あんじょ》たり得ない。

決して、ばかにはならぬ敵なのだ。とくに敵の中には、恐るべき才知をもち、目的のためには手段をえらばぬ大久保今助のごとき人間もいる。しかし、虎之介――藤田東湖にとって、もっとも手にあまるのは、敵より、世評より、当の主人、徳川斉昭であったろう。

「こまった……」

ふりかえると、いま傍にいた若い町人は、ふっと消えていた。

「こうしてはおられぬ」

やみくもに、虎之介がかけ去ったあと、草むらから、ぬっとまたひとり立ちあがったものがある。被布すがたに入道あたま。見送って、つるりとあたまをなでて、

「ははん、大膳の金穴がこれでわかったわえ……」

鳳凰《ほうおう》の中に反哺《はんぽ》の孝もあり

のちに水戸の烈公、幕府を叱咤《しった》戦慄《せんりつ》せしめ尊王攘夷《じょうい》の大本山として、維新風雲の気を水戸の一角にまきおこした徳川斉昭。

この人物を、雑司ケ谷の或る古寺に檻禁《かんきん》した山村大膳、いやもうまったく持てあました。まさか、しばるわけにもゆかないから、傍で見張っているわけだが、

「大膳、茶をもて」

茶を持ってゆくと、

「いや、酒がよいな、酒をもて」

一升徳利をぶらさげてゆくと、

「盃をつかわす。苦しゅうない、近う寄れ」

「苦しゅうないったって、おれの酒だよ」

タラフクのんで厠《かわや》に案内を命ぜられる。

「大膳、筒をもて」

まさか、そんなことはいわないが、とにかく唐紙はひとりであくもの、夜になればどこからか腕が出てきて足腰をもむものと思っているのだからしまつがわるい。しかも、こう向い合ってみると、もって生れた徳川御三家の御曹司の気稟《きひん》、その上、雲蒸竜変《うんじょうりゅうへん》の気を蔵した迫力というものは争われないもので、ふくれッ面をしながら、気がついてみると、大膳、下僕のごとくコキ使われている。監視の意味もあるが、この点でもとうてい手がまわりかねるから、仲間の浮浪人四五人を呼んできたが、その中に悪御家人の片岡直次郎がいる。

「なんじゃ、おまえもこのものどもの一味か」

斉昭にいわれて、直侍、ガラになく赤面した。居酒屋で関係をつけて、爾来《じらい》大いに廓のあそびを誘惑した主人だから、ちと面目ない。

斉昭は酒々落々《しゃしゃらくらく》として、

「どうじゃ、その後、吉原の景気は」

あごをなでながら、ぐるっと見廻し、

「廓はよい喃《のう》。ここに並んでおる野暮なかぼちゃ侍どもにはとてもあの妙趣はわかるまい。どうじゃ、そちたちは、一度ぐらい吉原をのぞいたことがあるか？」

山村大膳、憤然《ふんぜん》として、

「ばかにするな。おれもさくら太夫を知っておるわ」

「何、さくらを知っておる？」

「このあいだ、身請《みう》けの話をしにいったくらいじゃ」

斉昭はしげしげと大膳を見た。

「これは話せる。どうだ、あれの右腕の彫物《ほりもの》は——」

「彫物？」

大膳はちょっとまごついて、

「うむ、右腕のあれか、左様、なかなか奇麗なものじゃ」

「ばかめ、左腕だわ」

　斉昭は快笑して、

「さくらの父は、江戸一番の彫物《ほりもの》名人彫松爺《じじ》い。それの彫った桜の刺青《いれずみ》があるからさくら太夫という。それを見たこともないとは、さてはそちは振られたな」

「ぷっ、な、なにを――」

「さくらの肌も知らんで身請けしようとするばかものめ、江戸開府以来の野暮男《やぼおとこ》としていまごろ、吉原では笑いのたねになっておろう」

　気品のある顔で辛辣《しんらつ》なことをいう。

「余などはの、さくらにならって、この腕に桜を刺青しようと考えていたわ。ここまで実があってこそ、粋な男というものじゃ」

「けっ」

「鶏のような声を出すな。どうじゃ、廓に案内してつかわそうか」

「……？」

「ものども、立て。余が供をゆるすぞ」

「ま、ま、待ってくんな、殿さま」

一同、全然、もてあまして、ヘトヘトになってしまった。

待ちに待つあの「朶雲片々」はいつ腰掛稲荷の絵馬をのぞきにいっても、まだ入れてない。あの藤田虎之介という侍は何をしているのだろう。それが容易なことで持ち出せる品ではないことは想像がつくが、

「あん畜生、主従そろってノンビリしてやがって、な、なんという不忠侍だ」

みんな、イライラして、

「あんまりなめやがると、この殿様を斬ってしまうぞ」

かんしゃくを起してはみるものの、大事な囮《おとり》を斬るわけにもゆかない。

が、この中で、わが家のごとくノホホンとしている斉昭をみると、山村大膳、なんだかムシャクシャして、何とか一矢をむくいてやらなければおさまらなくなった。殺すことは出来ないにしても、指の一本くらい斬ってやるか、ひたいに傷をつけてやるか――。

「そうだ！」

大膳、突然はたと膝《ひざ》をたたいて、みんなを呼びよせた。

しばしの密談。

「それはおもしろい」

「じゃが、いくらなんでも承知するか」

「ダンビラでおどしてやればよかろう」

「いや、それよりおだてた方がききめがあるぞ。しきりに粋がっているウヌボレ大名だ。じぶんで求めてやらせた方があとのためによい」

「それはそうと、彫松がくるか」

「あの酒びたりの偏屈爺い」

「気がむかねば、千両つまれても彫らぬというぞ」

「その方が問題じゃ」

直侍が眼球をグルリと一回転させて、

「一法がある」

「なんだ」

「娘のさくらからすすめさせるのだ」

「なんだと？　このことを、他に知らせては万事破滅ではないか」

「さくらは、まさか水戸の御曹司とは知っていない。長唄観世之守とふざけて呼んでいる。惚れているかどうかはあやしいが、にくくない、大事な客だと思っていることはたしかだ……もしそのお客に、彫松が刺青しなければ、観世之守の命はないとおどしてやるんだ」

「なるほど、それは妙案！　それでは直よ、そっちにたのんだぜ」

「合点だ。そっちは人質の方に因果をふくめろ」

因果をふくめるどころではない。背に刃をかくし、きみわるい笑顔でにじりよって、

「ええ、殿さま、先日御所望の桜の刺青、彫松に腕をふるってもらう気はありませんかえ？」

と、いい出してみたところが斉昭、大ニコニコで、

「や、彫松がやってくれると申すか。それは天の恵《めぐ》み――」

膝のり出してはしゃぎ出したから、みんな拍子《ひょうし》ぬけがした。

「彫松は、さくらの父じゃ。早く逢ってみたい喃《のう》」

二日目の夜である。この古寺へ、二挺《ちょう》の駕籠が入って来た。

どやどやと出迎えた一同は、妙な顔をした。二挺とはおかしい。

「もう一挺はだれじゃ」

「そ、それが――」

と、迎えにいった浪人は、口をパクパクさせてすぐに返事も出ない。

「彫松の家に、そやつが待っていて、どうしてもついてゆくといってきかぬのじゃ、やむなく――」

「そやつ？」

駕籠《かご》の垂《た》れがひきあげられて、眼かくしされた白髪の老人があらわれた。つづいて、うしろの駕籠から、スイスイと出てきたのは、ひとりの女。これまた眼かくしされているが、水もたれるような投げ島田の町娘。

「ちょいと、みなさん。今晩は」

眼かくしを自らむしりとって、りんとした声のはずみも歯ぎれのいい江戸言葉。

「眼かくししてゆかなくちゃならないようなところへ、お父さんを、ひとりじゃやれないからあたしも、ついて来たんだよ。おや、なんのことだ、どっかで見たようなお顔もチラホラしてるじゃないか」

山村大膳、息をのんで、ただ一声、

「さ、さくら太夫！」

おいらんがいっちよく咲く桜かな

松葉屋といえば、吉原細見《さいけん》の表紙をめくると先ず出てくる大妓楼《だいぎろう》。そこで全盛をほこる花魁が、たとえ実家が浅草にあるとはいえ、そう簡単に見世をぬけ出せるものか、どうか。さくらくらいになると、或いはそんなわがままがきくのかもしれない。家にかえったとなると、まさかあの毫光《ごうこう》のような簪《かんざし》をつらね、大時代な裲《うち》襠《かけ》をひきずっておれないことはわかるが、これほど鮮かに変身の術を見せつけられると、一同、夢みるようにぼうっとするばかり。

「さくら……まさか年季があけたわけではあるまい。それとも、だれかに身請《みうけ》でも……？」

と、大膳がかすれた声でいうのに、

「呼んだなあ、あたしじゃなくって、お父っさんだろ？　さっ、お客さまはどこにいるのさ？」

「奥だ」

おやじの彫松は、口の中でなにかモグモグいってあるき出した。小わきに箱のようなものをかかえこんでいる。ヨタヨタと足がもつれているのは、年のせいか、中気のきみか、それとも プーンと熟柿《じゅくし》くさい匂いがながれたから、少し酔っぱらっているのかもしれない。

「おりん……図柄はなんだっけ？」

「桜だってさ」

「ふん」

声もふるえ、なんだかたよりない老人だ。

奥の破れだたみの上に、敬三郎斉昭は寝ッころがっていた。

「あっ、観世之守さま！」

颯爽《さっそう》としていたさくらは、急に裾をみだしてかけ寄った。敬三郎はふと見上げて、眼をまろくして起きあがった。

「さくらではないか。これは驚き入った。その姿は、どうしたのだ？」

さくらは観世之守の耳もとに口をよせて、何かささやいた。観世之守の眼が、ちらっとうしろの屏風《びょうぶ》のかげにうごいたが、

「ふむ、ふむ」

微笑してうなずく顔は、依然としておもしろげに、

「余は、どちらでもよいが」

「何をしゃべっておる？」

と、山村大膳は怒号《どごう》した。

「ははははは、さくらの花魁すがたを牡丹《ぼたん》の豪華と申そうならこれはこれで水仙のような粋《いき》すがた。どっちも捨てがたいと感服しておるのだ」

と、斉昭は破顔して、

「これ、そちがさくらの父か。よくまあ、そのような皺《しわ》だらけの中から、さくらのような娘が生まれたものじゃの」

「いえ、殿さま、おりんを生んだ時分は、あっしは皺だらけじゃあなかったんで――」

「なるほど、それもそうじゃの。何はともあれ、余はそちに逢いたかったぞ」

「へい、殿さま、では、早速。――」

「たのむ。さくらのように美しゅう喃《のう》」

　ちょっと考えて、

「せっかく、おまえのような名人の手にかかるのじゃ。いっそ背に大きゅう彫ってもらいたいが……痛いか？　余は、痛いのはきらいじゃぞ」

「ばかにしちゃあいけねえ。彫松の針が痛かったら、月代《さかやき》は剃《そ》れねえ」

　と、彫松老人は口をとがらせながら、持参の箱をひらいている。とり出されたのは、筋彫《すじぼり》、ぼかし彫の針のたば、絹糸、砥石《といし》、それから朱や墨の彫物道具。

「さ、肌をみせておくんなせえ」

　と、いったときは、声もピーンと張って、あのヨタヨタの老軀《ろうく》に鋼《はがね》のすじが入ったよう。江戸開府以来の彫物の名人といわれる風采が、躍々《やくやく》として浮かびあがってきた。

　さくらが、ふりかえった。

「おまえさんたち、ここを出な」

「ど、どこへ？」

「気のきかないおひとだね。お父っさんが針をつかうときは傍で猫がアクビをしても気がちるんだ。そこらにマゴマゴしていないで、用意をおし」

「なるほど、名人気質とはさもあろう、ところで、用意とはなんだ」

「酒だよ」

「酒？」

「うまい酒で、急所々々に息をつかなきゃ、気の入ったしごとはできないおひとなのさ。ことにこんどは、あたしの大事な観世之守さま、その背に彫物をするとなりゃ、あたしも知らない顔をしておれない。お燗《かん》番にきてあげたんだよ。だから、火鉢、炭、酒道具を、となり座敷に用意しておくれ」

「ほ、どうあっても、やっぱり下男働きか」

「なんだって？」

「いや、こっちのことだ」

「おまえさんたち、働いてくれりゃあ、ときどき閾《しきい》ごしにお父っさんの仕事を拝観させてあげる。後学のために、彫物名人の仕事ぶりをよく見ておおき、少しゃあ心のけがれがきよまるだろうよ」

坐って、やや前かがみになって、色白の背をこちらにむけている斉昭に、やがて彫松がさっと桜の下絵をかいたあたりから、襖《ふすま》がピタととじられ、こっちでは、さくらを中心に酒の用意。

実は、浪人どもも、彫松の刺青などの観賞欲はどこかへケシとんでしまった。のぼせあがって、ぼうっと見ているのは、ただざくらの顔ばかり。

「何を白痴《こけ》の花見みたいな顔をしているのさ？」

叱《しか》られても、何といわれても、ひたいをたたいて恐悦しているのだから、始末におえない。それは、そうだろう。廓第一の花魁と、席を同じゅうするなどとは、彼らは夢にも見たことがない。

「どうだ、おれにも礼をいえ」

と、山村大膳、そっと一同に恩を強要したが、なに、じぶんだってヨダレをたらさんばかりなのだ。

やがて、数刻――。

「おりん」

「あいよ」
襖をあけると、彫松はヨロヨロところがり出してきた。
ガックリ、やつれたようにみえるその口へ、さくらはやさしく酒をはこんでやってい
る。
「お、桜が！」
大膳が、のびあがってさけんだ。向うをむいた斉昭の背、その肩のあたりに、はやく
も四五輪の桜が、ほのぼのと咲いている。

夜桜の巣をかけて待つ女郎蜘蛛《ぐも》

三日め、四日め。——
さすがは、稀代《きたい》の名人だけあって、恐ろしい早さだ。斉昭の背に、みるみる万朶《ばんだ》の花
が咲きみだれてゆくが、それだけに本人の苦痛はたいへんなものにちがいない。襖越し
に、シャキシャキシャキ……と針のはねる音とともに、ときどき、かすかなうめき声が
まじる。

が、肌をいれて、食事をとるときの斉昭は、もうケロリと笑っている。

「刺青って奴あ、どんなに負けぬ気の奴も、ころがりまわるというが」

と、大膳があきれていうと、彫松は憤然として、

「おれの手にかかった奴に、そんな目にあったのがあったら教えてくんな」

と、いばった。が、すぐに、

「しかし、このおひとは、それにしても強気《ごうき》なひとだな」

「まずたいていは熱を出すというのに、酒をのんでおる。あきれた殿さまだ」

と、大膳は完全にシャッポをぬいだ。

「たわけめ、武士ともあろうものが、針くらいで泣いてなろうか」

と、斉昭は盃をさくらの方にさし出して笑った。

「それより、さくらが燗番《かんばん》してくれる酒を見つつ、手を出さんでは、さくらの客の義理がたたぬわ。はははははは」

こういう人間は、下々のいたみにもとんと感じない上に、先天的に痛覚というものを欠いているのかもしれない、と大膳は思った。とにかく、恐れ入った殿さまではある。

が、さて、斉昭の背に、らんまんと花が咲いてゆくにつれ大膳も一ト花咲かせたくなってきた。絶世の美女さくらが傍にいる。柔かく息づき、なまめかしくうごいている。こんなことがめったにあろうとは思われない。まさに、絶好のチャンスである。しかも、気のせいばかりでなく、いっしょにお燗番などしているうちに、少し親身になってきたところもあるようだ。

「今のうちになんとか――」

勝手なもので、こうなると手下の連中がじゃまっけだ。

「おい、もう大丈夫だろう。御苦労だった。金をやるから、みんな少し吉原《なか》であそんできな。あそこまで彫った以上、途中で逃げ出す心配はなかろうよ」

「いや、山村さん、拙者は昨夜、裏の墓地にあやしい奴を見かけたが」

「へ、どんな?」

「頬ッかぶりした男だが、風みてえに走っていっちまった」

「走っていっちまったなら、いいじゃねえか」

大膳、気もソゾロというか、強引だというか、とにかく、念頭、邪魔者どもを追っぱらいたい一心ばかり。

「なあに、たかが酒のみ爺いのお燗番だ。むさくるしい野郎どもが、そんなにウロウロしていることあねえ」

「いちばんむさ苦しいのア当人じゃねえか」

「な、なんだと、直、なんていいやがった？」

「いや、こっちのことで。――とにかく、おれアこないだから走りッ使いばかりさせられて、少しは休みてえ」

「だから、吉原《なか》の三ツ蒲団《ぶとん》で寝れア、それほどうめえことはねえじゃあねえか」

「アンヨがいてえんだよ」

「どれどれ、足のどこが痛い？　いっそつけねから斬ってやろうか」

牡蠣《かき》みたいにくッついてはなれない連中をむりやりに追いはらってしまった。

さて、そのあと。――

「おい、さくら」

「さくらじゃあありません。おりんといいますのさ」

「では、おりんさん」

「なんでござんす」

「実はな、もう少したったら、千両の大金がおれの手に入る」

「それは結構なことでございますね」

ツンとして、お燗をした徳利に指をあてたりはなしたりしている美女のまえで、大膳、あばた面《づら》を赤ぐろくして、火鉢のへりをなでまわしている。となりでは、例のシャキシャキシャキ……というはね針の音——。

「ま、まったく結構なことじゃ。おめえにとっても」

「どうして?」

「その千両いうのア、あの観世之守に刺青した謝礼なのだ。したがって、そいつア彫松、ひいてはおめえのおかげなのさ。半分くれえは、もらってもれえてえ」

「…………」

「どうじゃ、それで、おれと結構なことになってくれる気はねえか?」

長火鉢ごしに、手を出してきた。ぴしっとはらいすてられて、

「何さ、ケッコウケッコウと、鶏じゃあるまいし」

「これ」

「あんまりさわぐと、お父っさんは仕事ちゅうは気が冴えてるから、彫物がすすみませ

んよ」

「おりん」

果して、呼ぶ声がきこえた。はね針の音がとまっている。

「あいよ」

大膳、あわてて手をひッこめた。

襖がひらいて、彫松がよろめき出てきた。のぞいてみると、向うむきに、じっと脇息《きょうそく》にしがみついている斉昭の背に、桜はほとんど満開にちかづいたようだ。

「あああ、こんなに根をつめて仕事をしたのア何年ぶりだろう」

渇ききって、ひからびた人間が、冷水《ひやみず》を求めるように盃にかぶりつく彫松、すでに傍におりんも大膳も視覚に入らないくらい、おとろえはてている。

つまらねえところで這い出してきやあがって――と、にくらしそうにその姿をにらんでいた村山大膳、これじゃあなんのためにおりんがついて来たのか、完全に本末を顚倒《てんとう》しているが、なあに、こんな息たえだえのおいぼれがいたところで何ほどのことやあると、

「おりん、おれにも酌《しゃく》をしろ」

傍の茶碗をグイとつき出した。

「あたしゃ、お父っさんのお燗番にきたんですよ」

「やい、つげ、おれの酒だぞ」

二口めには、これが出るところをみると、この男、天性はケチらしい。思わずおりんは、ニンマリと笑った。

「つがねえか――つがねえなら――」

と、傍の一升徳利をひっつかむとのどをあげてキューッとひとのみ。唇をぬぐって、じいっと上眼づかいに、ツンとしたおりんを見る眼にやがてギラギラと浮かびあがってくるあぶらのような兇暴な色。こいつもともと酒ぐせがわるい。

「おりん」

「なにさ」

「おれのいうことをきかねえと、このおやじを、二度と生きてかえさねえぞ」

そのとき、隣で、ア、ア、ア、と大きなあくびの声がした。ぎょっとして、ふりかえった大膳、眼をパチパチとさせて、

「おや？　いまあくびをしやがったのア、あの殿さまか？」

「そうよ、どうして？」

と、おりん、ちょっとあわてた表情だ。

「うむ、声はたしかにそうらしかったが、はてな」

「何さ？」

「なんだか、あそこの屛風《びょうぶ》の向うからきこえてきたようだ」

「ばからしい、もう酔っぱらって」

「いや」

と、大膳が腰をあげるよりはやく、彫松爺さんが、ヨッコラショッとたちあがって、

「さて、もう一枝」

腰をたたくと、となりへ入って、

「だれも入っちゃならねえぞ」

ピッシャリと襖をしめてしまった。

「待て、どうもおかしい」

と、つづいて立ちあがろうとする大膳の手に、おりんの白い指がジットリとからん

だ。

「入っちゃ、彫物がだめになるよ、大膳さん」

「だめになってもいい。あそこまであいつの肌にキズをつけてやりゃあ、おれの腹は癒《い》えるんだ」

「肌にキズをつける?」

おりんの眼がキラッとひかったが、すぐにおかしそうに笑い出して、

「だから生酔いはいやだよ、いっそ、景気よく酔っぱらいな大膳さん、坐って坐って、さあ、お酌」

大膳、見下ろして、へんな顔をした。ニッコリ見上げているおりんの身ぶるいするほどの美しさ、ヤンワリとひく腕の力のつよさ。たちまち、雪達磨《ゆきだるま》が春風に吹かれたようにグニャグニャになって、

「お、酌をしてくれるか」

と、坐って、ガタガタふるえる茶碗をつき出した。

「あいよ、さあ」

身をずらし、もたれかかるようにするおりんに、大膳のあばた、恐悦のあまり、こと

ごとくふくれあがったり、へこんだり。

「オ、ト、ト、トこぼれます、こぼれます。——さくら、いや、おりん、少しはおれが好きになってくれたかえ？」

と、その肩に、厚かましく腕をまわした。かすかにわななくおりんの肌のなやましさ、かんばしさ。——大膳、くらくらっとして、その指がおりんの襟もとをかきむしるようにして、乳房の谷へすべりこもうとする。——

——と、そのとき、ド、ド、ドドッと跫音《あしおと》けたたましくとびこんで来た者がある。

「な、なんだッ」

ふりむいて、かみつくような声。

片岡直次郎、肩で息をして、

「あったあった、腰掛稲荷の絵馬の裏に、やっとあいつが入っていましたぜ！」

はて珍らしい対面と土手で言い

つづいて、ドヤドヤとかけこんできた浪人たち。

「ウーム、これが千両か！」

「やい、はやく見せよ」

と、山村大膳は、直侍の手から、一通の書きものをひったくった。

――「朶雲片々」

表紙に、かすれつつも、気品たかい虞世南《ぐせいなん》ばりの四文字、水戸家第八世の当主斉脩公のかきのこしたものがこれだ。そのうえ、後嗣のことについて明らかに断を下した内容。藤田虎之介が、これをもち出すのに、いかに惨憺《さんたん》たる努力を費《つい》やしたかは、主君を虜《とりこ》とされつつ、いままでの時日をかけたのでも知れる。

斉脩は、生来虚弱で、子がなかった。ただ剛毅闊達《ごうきかったつ》な弟斉昭がある。

しかし、水戸藩のなかには、斉脩に万一のことがあった際、現将軍の一子清水恒之介を迎立《げいりつ》しようとする一派があった。それについて、前々から彼らは老中水野出羽守とむすんで、種々画策《かくさく》をほしいままにしている。彼らはこれによって、一つには水戸藩を幕府の庇護《ひご》のもとにおこうとし、二つにはみずから寵栄《ちょうえい》を求めようとしている。家老榊《さかき》原淡路守《ばらあわじのかみ》、側用人太田清左衛門、奥祐筆《おくゆうひつ》別所左兵衛、後楽園奉行関十兵衛、勘定奉行大久保今助ら。――その顔ぶれも人数も、容易ならぬ布陣だ。

これに対して、水戸家の純なる血脈は、英邁《えいまい》なる敬三郎君につたえられているではないか。なんのために外から清水どのをお迎えする要があるのかと蹶起《けっき》した純忠の一派がある。国老山野辺兵庫、中山備前守、史館総裁《しかんそうさい》青山量介、藩儒《はんじゅ》会沢正志斎《あいざわせいしさい》、藤田虎之介ら。

深刻をきわめた水戸家内争に、ついに断を下した重大な一書。

「こ、これを、大久保どののところへとどければ、千両になるのだな、山村さん」

「そう、話はつけてある」

「しかし、これとひきかえに、あの殿さまを返さなきゃなるまい？」

「その手はずはどうする？」

山村大膳は、ちらっと襖の向うを見、おりんを見た。

斉昭を返せば、おりんも去る。同時に、チャンスも去る。せっかく、いいところまできたのに。

「これこれ」

と、その斉昭の声がかかった。

「どうやら、約束のものが参ったようじゃな」

おりんが、襖をひらいた。すでに肌を入れて、端然と坐っている敬三郎。笑いながら、

「刺青も、よう出来た。一同、大儀であった喃」

「………」

「では、そろそろ余は帰邸いたすぞ」

「ま、待ってくれ」

と、山村大膳はあわてながら、焦燥《しょうそう》と狡猾《こうかつ》のとけあった表情で、

「まだ帰すわけにはゆかねえ。千両たしかに受けとるまでは」

といって、またじっとおりんを見つめて、にやっときみ悪く笑った。

「おい、直」

と、ふりかえって、

「おめえ、みんなといっしょに、この書きものをもって、小梅の屋敷へいってこい。そして、ひきかえに千両箱一つもらってくるんだ。いいか、何しろひとすじ縄でゆかねえ奴が相手だから、望みのものだけ受けとり、あとは、下郎、御苦労、バッサリなんて目

にあわねえように用心しろよ」

「いうにゃ及ぶ。心得た」

やがて、ドヤドヤと出てゆく一同のあとに、大膳、これも長いのをひっこぬいて、

「千両の顔をみたら、駕籠《かご》を呼んでかえしてやる。それまでジタバタしやがると、そのままにはおかねえぞ」

と、威嚇した。

そのとき、おりんが敬三郎の傍にかけ寄った。

「殿さま、これを」

と、ふところからとり出したひとふりの匕首《あいくち》。敬三郎の大小はとりあげてあったから、タカをくっていた大膳、ギョッとして、

「あっ、何をする、この女《あま》」

「余は、何もせぬわ。おちつけ」

短刀を手にとりもせず、莞爾《かんじ》として敬三郎は端坐しているが、傍のおりんは美しいまなじりを裂いて、彼をかばって匕首をひからせている。

――一方、雑司ケ谷から本所小梅の水戸家下屋敷にかけつけた直侍《なおざむらい》たち、勘定奉行の大久保今助に面会を申しこんで例の「朶雲片々」と交換に、首尾よく千両をうけとって、外に出た。

一町もゆかないうちに、大川端の土手の上を、向うから、ブラブラあるいてきた宗匠風《そうしょうふう》のひとりの男。

「おい、直よ」

呼びかけられて、直侍、ちょっと顔いろをかえた。

「あっ、河内山。――」

河内山は、浪人のひとりがかついだ千両箱をちらっと見てニヤリとした。

「直よ、おめえ、このごろ、ちっとも顔を見せねえと思っていたら、とんだうめえ口で、コソコソかけまわっているらしいの。ちいっと水くせえぞ。――」

直侍、もともと河内山の乾分《こぶん》のひとりで、ゆすりかたかりで江戸の巷《ちまた》をおしまわしていた仲だから、ヘドモドして、

「い、いや、そういうわけじゃあねえ、そのうち、旦那のところへ。――」

そして、仲間の方へ手をふって、

「おい、おれはちょいと話があるから、先へいってくれ」

浪人たちも、むろん練塀小路の河内山の悪名は知っている。宗俊の底びかりする眼が、ちらっちらっと千両箱の方へむけられるので、尻のあたりがムズ痒《がゆ》い。直侍とて、思いは同じだから、河内山をここでくいとめておくつもりなのだろう。

「左様か。では、先に――」

トットと、何かに追われるようにかけ出した。


やがて、雑司ケ谷にかえって、敬三郎たちと妙な対峙《たいじ》をつづけていた山村大膳に千両箱を手渡してから、水戸屋敷の前で、直侍が河内山にとっつかまったことを報告した。

「なにっ？　河内山が――ウーム、とんだ奴につかまったな」

「直次郎が何とかうまくごまかすと思うが」

「河内山が、そんな甘え野郎か？　それにあの直って奴がまた、とんと釘のきかねえ、ダラシのねえ野郎だから――」

大膳、急に不安の表情になり、しばらく宙をにらんでいたが、

「やい、おめえら、しばらくここで、殿さま、女、千両箱を見張ってろ。おれはちょい

とそっちを見てくらあ」

大刀ひっつかんで、とび出した。

化けるのも化かされるのも日千両

「御使僧のお入り。——」

脳天から出るような声がひびいた。

本所小梅、水戸藩の下屋敷。あの胡乱《うろん》な浪人どもが立ち去ってから一刻もたたないうちのことである。

屋敷はまるで、霹靂《へきれき》に逢ったような大騒動に陥っていた。なんたることか、上野宮から、御使僧がやってきたという玄関からの知らせなのである。

上野宮から？　水戸藩へ？　しかも、その下屋敷へ？　なんの用で使僧が来たのか。そんな前触もなかったし、かいもく見当もつかないが、とにかくこれは容易ならぬ大事である。

——ときあたかも、勘定奉行大久保今助は、江戸家老榊原淡路守と密談中であった。

むろん、例の「朶雲片々」が手に入ったことについて、狂喜し合っていたのだ。ただ、淡路守は、その入手方法があまりにも罪深いので、その恐ろしさと同時に、不安感も禁じ得ない様子であった。

「よく、これをあの虎之介がもち出したものじゃな」

「相手が狂犬のような浪人ども、敬三郎君のお命にはかえられませぬからな」

「狂犬どもを、おぬし、よく飼《か》い馴《な》らしたものじゃな」

「なんと申しても、殿のおん弟。家中の者をつかうより、やはりあれたちの方が遠慮なくやります。御覧のごとく」

「彼らを信用してよいであろうか」

「彼らはともかく、これはまぎれもなく故殿《ことの》の御真筆に相違ござらぬ」

「わしもそれは疑ってはおらぬが……敬三郎君が、これをまるで反古《ほご》のように取り扱われた点が、少々いぶかしい」

「さ、それがあのお方の故殿をないがしろに遊ばすお心のあらわれ……。また、人を人くさしとも思われぬ御自信、下世話に申せばウヌボレと申すものでござろうか。おそらく敬三郎君は、かような故殿の御遺言によらず、御自分の御器量で水戸家をついでみしょうとお考えあそばしているものと存ぜられます。この増長慢《ぞうちょうまん》が当方のつけめで、――」

大久保今助は、ほそながい、なめらかな顔でうす笑いした。

若いころ、水戸藩士某の草履取《ぞうりとり》をしていた男である。その後江戸に出て、土木の請負《うけおい》、芝居町の金主などいろいろなことをして富をつみ、後楽園奉行関十兵衛に推挙《すいきょ》されて、江戸詰の勘定奉行にまで成りあがった。それだけにおそろしく商才にとみ、藩財政をうるおす一方老中水野出羽守にとり入って、斉脩に将軍の第十三子峰姫を毎年一万両の化粧料つきでもらわせる運動に成功したくらい凄腕のもちぬしである。その反面、また藩の重役と結託《けったく》して、私腹をこやすことひさしく、英明な斉昭が新しい主君となることに必死の妨害を試みているのは、その積悪を剔抉《てっけつ》されることを恐れるからであった。

「敬三郎君がこの御遺書をいかに考えておいでなさるかは存ぜぬが、これが当方の手に入ったからには、まさに村正が精練の鉄を得たようなもの。――」

そして、物凄い冷笑をこめた呟きをもらした。

「あのお方は、少々拙者大久保今助をナメておいでなさる」

「さ、さ、さればだ。おぬしの力量は、われらはよく知っておるが――」

「その上、こちらのうしろには、御老中、いや将軍家さえ背負っているのでございます。先ずこれにて、勝負あったと申そうか。はははははは」

――このときに、ふってわいたように、上野からの御使いの来訪が伝えられたのだ。

ものに動ぜぬふたりも、これには動転した。狼狽《ろうばい》しつつもともかく裃《かみしも》をつけ終ったところへ、

「御使僧のお入り。――」

ふたたびその声がながれて、はやしずしずと入ってきた僧形。

緋《ひ》の衣に、錦の袈裟《けさ》。水晶の珠数《じゅず》をつまぐりつつ、見るからに厳かにゆたかな人態に、淡路守、今助をはじめ、いあわせた侍どもは、はっとばかりに平伏した。

「これはこれは、御使僧には、思いよらざる御入来、何かは存ぜず御門主《ごもんす》よりのお使いと承わり、恐れ入ってござりまする。――」

と、淡路守がいえば、大久保今助も、

「何は格別、御使僧には、先ず先ず、これへお通り下さりましょう」

御使僧は重々しくうなずいて、

「宮の御内意承《うけたま》わり、まかりこしたる拙僧は、北谷道海といえるもの。しからば、ゆるしめされい」

悠揚と、座をしめた。

「これ、誰ぞあるか、お茶をもて」

と、淡路守にいわれて、小姓が、黒塗蒔絵《くろぬりまきえ》の書院煙草盆、腰高の茶台に、銀の湯呑をのせて、しずしずと入ってくる。

道海はそれをすすり終ると、咳《せき》ばらいして、

「さて、拙僧がこのたび忝《かたじけな》くも一品《いっぽん》の御位尊き宮よりして、内命をこうむり、御当家へ使僧に立ちし趣きは、本来ならば小石川の御本邸の方へ参るべきでござるが、ひそかに承われば、御当家には何やらお取込みの御様子」

「はっ」

といったまま、淡路守も今助もうつむいた。

中納言の訃《ふ》はまだ公表してないし、弟敬三郎の行方は、このふたりは知らず一応不明として、本邸は憂悶と混乱の中にあるからである。

「と申して、これは水戸家の興廃にもかかわるほどの大事ゆえ、宮にも御心労したま

い、せめて執政或いは勘定奉行にも、その方じきに面会なし、虚実を糺《ただ》しまいるようにとの仰せ。――」

ふたりは、いよいよ不安の表情になった。

「して御門主より、御沙汰《さた》の次第はいかなる儀か、なにとぞ仰せきけられますよう」

「只今、発言《はつごん》いたすでござる」

と、道海はまた重々しく唇をへの字に結んだ。

「今般、拙僧御門主より内命こうむり、御当家へ使いにたちしは、余の儀にあらず富札《とみふだ》の件」

「や？」

「ささ、ただかようにのみ申しても、仔細《しさい》もおわかりあるまいが、かねて御門主には囲《い》碁《ご》におこころ寄せたまい、好む道には高位なる貴人も下賤《げせん》の身を論ぜず、お側へ召してのお慰み、日毎にまいるお相手のなかにも御意にかないしは、すなわち台下坂本に年来住める骨董屋《こっとうや》和泉屋清兵衛といえるもの、宮と会碁に勝負も互角に打てる仁なりしが、このほどより常とかわり、物思いげなる様子にて、お相手いたす盤面《ばんめん》の自然と囲みのみだるるゆえ、御不審に思召《おぼしめ》され、もし不快にはあらざるかと、じきじきおたずねありしところ――」

「――」

「彼が家に、長年つとむる手代がござる。生来律気《りちぎ》にて、ひとり娘の婿《むこ》にもと内々申しきかせておったに、さきごろ突然縊死《いし》を仕った。その書置をひらいて見たところ、彼は当家の富札を求め、一枚買って当らず二枚買い、三枚買い、いくたび買ってもあたらざるゆえ、追い目になって買いつのり、はては店の金にも少なからず手をつけて、いまやぬきさしならぬ仕儀となり、申し訳なさに死んでおわび申しあぐるとの文言」

「――」

「以来、悲嘆のあまり、娘もどっと床につき、あすも知れざる容態にて、親も心痛やむことなく、お目立ちまして恐れ入ると、かの清兵衛の物語をきこし召されて御門主にも、かれらを不愍《ふびん》とおぼしめされ、それにつけても不幸のもとは水戸家の富札。――」

「あいや」

と、大久保今助は上眼づかいに見あげて、

「御門主さまにさまで御心をわずらわせ奉ったは、恐れ入った儀でござりまするが、富の札を買って、それが当らぬからと申して死んだ不所存者に対してまで、当家が――」

「だまらっしゃい」

　と、道海はおさえつけた。使僧にしては、大きな声である。

「この一事、水戸家の興廃にもかかわるほどの大事じゃと、先刻拙僧が申したことが腑《ふ》におちられぬか」

「はて、なんとして、左様な小事が——」

「小事？　さてさて愚かや。そもそも富と申すは、神社仏閣のみに公許されたものでござるぞ。御当家の富は、しかと上のおゆるしを得られたか？」

　大久保今助は、うっとつまった。むろん公許は得ていない。しかし御三家の一つ水戸家のやることとして、暗黙のうちに大目に見られているのだ。そうでなくては、いままで無事にすんできたはずがない。けれど——寺社奉行よりも、或は事と次第によっては幕府そのものよりも上位にある上野宮から、こう大上段に眼くじら立てられては、話は別だ。

「よいか、御門主には——天下の副将軍が、町人相手に富くじを売らるるか。はじめて知ったが、奇っ怪なることもあるものかな、もしや水戸家の名をかたる偽物《にせもの》の所業にはあらざるか、その方とくと糺《ただ》してまいれと仰せられたのござるぞ！」

ふたりは蒼くなり、赤くなった。なんとも挨拶しようがないとはこのことだ。せっぱつまっている淡路守と今助を、道海はじっと見ていたが、急に声をひそめて、

「実は、これは拙僧の思案でござるがな」

「は？」

「いかがであろう？　気はこころと申す、水戸家から、仏に対していくばくかの供養料をつかわされては？」

「は？」

「さすれば、拙僧、これをもちかえって水戸家の恐れ入ったる段を言上し、御門主のお怒りをとくべくお袖にすがってみるが」

大久保今助は、道海の顔をじっと見あげた。

恐ろしくきれる男だけに、ははあ、と思ったようである。チラと笑いかけたが、ビクともしない道海の肉の厚い顔に、急にベタとまたひれ伏した。

「ははっ、ありがたき思し召し、なにとぞ、なにとぞよしなに願いあげ奉りまする。して、御供養料と申せば、いかほど――」

姿は慇懃《いんぎん》だが、語韻《ごいん》に、やや軽んじたひびきがある。

「されば、かしこくも上野宮のお扱いでござるゆえ、先ず千両。――」

「なんと、千両！」

淡路守はおどろきのさけび声をたてたが、今助はおちつきはらって、

「かしこまってござる。御使僧のお扱いにて、主家の害も一時に避け、家臣のよろこびこれにすぎず、あつく御礼申しあげまする」

やがて、道海のまえに、デーンと千両箱がひとつ据えられた。むき出しだ。

大久保今助は、おのれに照らし合わせて、この坊主が、決して宮にも和泉屋にもこの千両箱を見せず、おのれの懐《ふところ》にねじこむものと見た。ただ、向うはともかく上野宮を背負っているだけに、話をこじらせると、うるさいことになる。とくに、いまはあの密書を得て、水戸家の後嗣《あとつぎ》問題に一大活動を起そうとしているところだけに、こんなくだらない事件にかかわり合ってはいられない。ただこの場は一刻もはやく、おとなしく引きとってもらうにこしたことはない。

あごをしゃくって、

「御使僧のお立ちーい」

と、こっちから大声をはりあげた。

ところが、道海、うごかない。ふてぶてしい笑顔で、

「さて御門主より、拙僧に、もうひとつ内命がござってな」

「なんでござりまする？」

「朶雲片々と申す歌書を、御所望でござるが。——」

化けてきた狐狸《こり》を起すなり

「だ、朶雲片々？　なんのことでござりましょう？」

と、ようやく榊原淡路守はかすれ声を出した。

「ほう、御存じないか。愚僧もよくは存ぜぬが、宮の仰せらるるには、いつぞや中納言とお会いなされしおり、中納言に朶雲片々と題せし、歌書がある由きこしめされ、そのうち是非とも御覧をたまわりたいと中納言が申されしとやら、その方せっかく水戸家に参るならば、とてものことにそれを戴いて参るようにとの仰せでござる」

「あいや、朶雲片々は、左様な歌書ではござらぬ。それは何かのおまちがいと存じまする！」

「ほう！　しからば貴殿は御存じではないか」

淡路守は思わず口をおさえたが、もうおそい。道海は冷然と、

「いや、されば拙僧もよくは存ぜぬと申しあげておる。何はともあれ、宮の仰せ、その朶雲片々とやらをおわたし下さらば重畳《ちょうじょう》と存ずる」

「せっかくの仰せでござれど」

と、物凄い疑惑の眼で道海を見つめつつ、今助はいった。

「左様なものは、当下《しも》屋敷にはござりませぬ」

道海は平気で見かえして、

「はて、片岡直次郎は、たしかにその書を当屋敷へ持参いたしたと申したが」

「なにっ、片岡？」

愕然《がくぜん》とした。

「されば、拙僧の甥《おい》に直次郎と申す不肖者がござってな。ふだんよからぬ者と交際いたし、ゆすり、かたり、盗み、ばくち、悪行としてやらざることなく、愚僧のなげきのもとでござるが、先日、ふとしたことで、貴殿に、朶雲片々とやらをおわたしする用を足したと申しておったが」

果然、この坊主は、ただものではない。

しかし、片岡直次郎を知っているとは、すなわちこちらの陰謀を知っていることである。それをどこまで知っているか？——ふたりは、満面蒼白《そうはく》になって、とっさに出すべき言葉もなかった。

ただ、断じて、断じて朶雲片々はわたされぬ！

「た、たとえ、それが当屋敷にあるとするも、殿のお品を、臣下たるわれらの一存にておわたしは相成りましょうや」

「はて、その殿とかしこくも御門主の宮との御約定を、臣下の一存にてふみにじらるる御所存か？」

「さあ？」

「それとも」

ニヤリとして、

「その御約定を、うそいつわりと申さるるか？」

思わず、本音が、

「されば——」

と、出かかったとたん、

「無礼だっ。一品《いっぽん》の御位尊き御門主に、陪臣《ばいしん》の分際として僭上《せんじょう》であろうぞ！」

凄《すさま》じい大喝であった。その言葉よりも、この坊主の恐るべき迫力に圧倒されて、ふたりははねとばされたようにひれ伏した。

道海はよこをむいて、水晶の珠数をつまぐった。

「ああ、水戸家の運もこれまでか。それも是非なし、この趣《おもむ》きをたちかえり、宮へ言上いたすでござろう。これぞ仏果《ぶつか》にいえるごとく、縁なき衆生《しゅうじょう》は度しがたし、南無阿弥《なむあみ》陀仏《だぶつ》、南無阿弥陀仏。……」

「あいや、しばらく！」

と、大久保今助は声をしぼった。

「いかにもその朶雲片々、貴僧へおわたし致しましょう」

道海はニンマリとして、

「すりゃおわたし下さるか。それにて愚僧の役目もたち、これに上越すよろこびなし」

「しばらくお待ち下さりましょう」

大久保今助は、顔ひきつらせつつ退がっていって、すぐに近習のひとりをよんだ。

「これ、きさま、馬をとばせて寛永寺に参れ。そして御学頭に北谷道海と申す方ありや否や、もしあったとしても、道海どのは、ただいま水戸家へお使いに参られしや否や、いそぎとりしらべて参るのだっ」

と命ずると、こんどは他の近習に何やら耳うちした。

今助が、故意にグズグズして、例の朶雲片々をささげてもとの書院へ出ていったのは、だいぶ程経てのことであった。

御使僧は、悠然と半眼にして待っている。

「おお、朶雲片々、なるほどこれでござるかな」

うやうやしく前において呟く道海に、

「御使僧には、わざわざお使い御苦労に存じまする。さて、火急の儀ゆえ献立《こんだて》も、粗末にはござりますれど、清浄のみを専一に、調進なせし精進料理《しょうじんりょうり》、御酒もよいのを吟味《ぎんみ》いたしてござりますれば、お疲れ休めにお盃を、おとりあげ下さらばありがたく存じまする。——これよ」

呼ばれて、四人の近習が、二の膳《ぜん》付の本膳に盃をつけ、銚子《ちょうし》をもってあらわれた。むろん、寛永寺へ走らせた使者がもどるまで、この坊主をここにひきとめる作戦だ。

道海はちらっとみて、

「お心入れのおもてなし、かたじけなくはござれども、飲酒は五戒《ごかい》の一つにて、沙門《さもん》の身には好ましからず、また御膳部の品々も、拙僧いまだ空腹ならねば、頂戴なせしも同じこと、このままおさげ下されい」

朶雲片々をふところに入れると、ズイと立った。あっとひきとめるいとまもない。

「さようなれば、ごめん下され」

たいへんな坊主があったもので、小わきに千両箱をひっかかえ、案内もこわず、つかつかと書院から廊下へ、玄関へ。——

そのとき、何やら門のあたりでもみあっていた影がひとつタタタタとこちらへはしりこんできたが、あばた面の中から、白くひかる眼をむけて、

「河内山、待てっ」

と、さけんだ。

ふとどきな命衣へ包む也

「待てとお呼びなされしは、拙者の名でござるよな」

と、道海はたちどまり、山村大膳を見下ろした。

「そうだ。すっとぼけるな河内山、この大膳を見忘れたか」

道海は、衣のえりをかきあわせ、オホンとひとつ咳《せき》をした。

「これは異なことを申さるるが、左様なあばた、拙僧かっておぼえない。拙僧こそは上野なる当御門主に仕えまつる北谷道海と申すもの。——」

「いいかげんにしねえか、この悪坊主、うぬがお数寄屋坊主の河内山宗俊とは、江戸で泣く子はみんな知っているのだ！」

「いや、拙僧左様な名前をば、貴殿に呼ばるるおぼえなし。他人の空似《そらに》と世上にはよく似たものもままござれば、人違いばしめさるるな」

「やあ、いかようにしらをきるとも、のがれぬ証拠はおぼえある、左の高頬に一つの黒子《ほくろ》」

「やっ？」

と、思わず頰に手をあてる。

そのときうしろで口をパクパクさせていた大久保今助が、

「さてこそ使僧は贋《にせ》ものよな、やあ大膳、朶雲片々は、まンまとこの坊主に奪われたわ！」

と、さけんだ。

もとより大膳は、命からがらにげてきた直侍と途中でゆきあって、不敵な望みを緋《ひ》の衣につつみ、水戸邸へのりこんだ河内山の話をきいてきたのだ。

河内山宗俊は笑った。

「いかにも使僧と偽ったは、お数寄屋坊主の頭《かしら》たる河内山宗俊だ」

「それっ、何れも」

と、今助に叱咤されて、どっとどよめく侍たちに、

「ええ、仰々《ぎょうぎょう》しい、しずかにしろえ」

ガラリと変る言葉づかい。

「こういうひょうきん者に出られちゃあしかたがねえ。何もかも言って聞かせらあ、まあきいてくれ」

と、小わきの千両箱を下におき、どッかとそれに腰をかけ、

「悪に強きは善にもと、世のたとえにもいうとおり――」

やり出した。もっともどこが善なんだかわからない。

「奸臣《かんしん》どもがたくらみに、まンまと盗られる名家の歎き、まったこいつを持って本邸へのりこみ、まいちど高く売りつけようと、腹にたくみの両天秤を、練塀小路にかくれのねえ、お数寄屋坊主の宗俊が、頭のまるいを幸いに、衣でしがを忍ぶが岡、神の御末《みすえ》の一品親王《いっぽんしんのう》、宮の使いと偽って、神風よりか御威光の風を吹かして大胆にも、水戸の下屋敷へしかけた仕事の曰窓《いわくまど》、家中一統白壁と思いのほかに帰りがけ、じゃまなところへ山村大膳」

ニヤリとした。

「腐れ薬をつけたらしらず、ぬきさしならねえ高頬のほくろ、ホシをさされて見出されちゃあ、そっちで帰れといわれても、こっちでこのまま帰られねえ。この玄関の表向き、おれに衒《かたり》の名をつけて、若年寄へさし出すか、ただしは衒の名をかくし、御使僧で無事に帰すか、二つに一つの返事を聞かにゃあ、ただこのままにゃあ帰られねえ」

大久保今助はおどりあがった。

「やあ、引かれ者の小唄とやら、所詮のがれぬ期《ご》とさとり、出るままのその雑言《ぞうごん》、カタリと知れた上からは、縛りあげて首うちおとし、水戸の手並を見せてくれるわ」

「いいや、そうはなるめえ。なぜといいねえ、たとえカタリの罪あるとも、若年寄の支配をうけ、お城をつとめるお数寄屋坊主、河内山は直参《じきさん》だぜ。たかが大名の奉行風情に、裁きをうけるいわれはねえ。それとも自由にこの首が、落されるなら落してみろ」

みんな、金縛りになった。

「どうだ、よもや首は、とれめえがな」

「し、しからばカタリの次第をいいあげ、このまま上へさし出して、おのれの首をおとさせくれる」

宗俊は大笑した。

「そりゃそっちの了簡《りようけん》次第、カタリといってさし出せば、どうで命にかかる兇状《きようじよう》、お白洲へいって責められて、この三寸の舌先きで、おれがしゃべったそのときにゃあ、さまざま重なるうぬらの陰謀、おい、うぬらの知行はおろか、水戸三十五万石に疵《きず》がつこうぜ。これを承知でいるならば、カタリにおとしておれをさし出せ」

立ちすくんでいる一同を、じろっと見まわし、もういちど鼻で笑って、宗俊はふたたび千両箱をかかえこんだ。

「どうやら声もねえ様子、このままおれを立たせるか」

悠々と式台からおりて草履をはく。

「要らざる手間暇《てまひま》かけやがって、とんと思慮の足りねえ留め立て。——北谷道海はなはだ抱腹いたす。あはははははは」

しずしずと、しかも風のようなはやさで門の方へ去ってゆく。

いちど、ふりかえって、

「ばかめ！」

と、吐き出すような捨てぜりふに、はっと悪夢からさめたようになった大久保今助、発狂したように、

「大膳、斬れっ」

と、絶叫《ぜっきょう》した。

山村大膳はじめ十数人の侍たちは、河内山のあとを追って雪崩《なだれ》のように門の外へ。

が、突如、彼らはそこで棒をのんだように立ちすくんでしまった。待たせてあった駕

籠のまえに、河内山も立ちすくんでいる。いつのまにか、そのまわりをかこんで、点閃とひかる幾十の十手、満を持している捕縄《ほじょう》。

「やいやい、なんだなんだ。天下の直参河内山宗俊、御支配の差紙《さしがみ》でもなけりゃあ、不浄役人の側へよる身分じゃあねえぞ」

着流しに捲羽織《まきばおり》の同心が寄ってきて、

「河内山、御用の儀これあるによって、北町奉行所まで同道すべく、御支配若年寄さまの差紙を持参した。神妙にいたせ」

蒼白になったのは、宗俊よりも榊原《さかきばら》や大久保だ。何はともあれ、この坊主を、いましょッぴかれては万事休す。

「あいや、これなる坊主は、あやしき者ではござらねば――」

泣くような声をあげて走り寄るのに、同心は冷やかに、

「申し立てらるることがあれば、遠慮なく奉行所まで同道いたされよ。それっ」

と、十手をふると、宗俊にぱっと縄がかけられた。

茫然《ぼうぜん》としてこのなりゆきを見ていた山村大膳は、このときころがるように水戸家からにげ出した。はしる。はしる。――

八の字の筆法いまにある女

あの直って野郎はオッチョコチョイで、どうもあぶなッかしい奴だと思っていたが、案の定、メチャクチャにしてしまいやがった。あいつが河内山にしゃべったとすりゃあ、その河内山が奉行所で何をばらすかしれたもんじゃあねえ。さわぎがそこまで大きくひろがれば、こっちは磔《はりつけ》獄門ともなるはきまッたこと。

途中でどこから手に入れたか、おそらく盗ったか奪ったか、悍馬《かんば》に鞭《むち》うって夜叉《やしゃ》のごとく雑司ケ谷の古寺にかけもどってきた山村大膳。

「野郎ども、奉行所が嗅《か》ぎつけたらしいぞっ」

浪人どもは、仰天した。

「なにっ、奉行所がっ」

「待て待て、まだここに押しかけてくるというわけじゃあねえ。河内山がお縄になったんだが、直が河内山にしゃべったようだから、用心しなけりゃならねえんだ」

「用心とは、どう――」

「とにかく、あの殿さまをよそへうつせ」

山村大膳は、腹をすえた不敵な顔つきになっていた。

「いざとなりゃ、あの殿さまを人質に、公儀と取引するんだ。御三家の御曹司のいのちの綱をにぎってりゃあ、向うもオイソレと手を出せめえ」

万一となったら、なるほどそれしか彼らの活路はない。活路——しかり、それは充分可能性のある恐るべき手段だ。

「それで、ど、どこへ？」

大膳は、浪人のひとりへ、ヒソヒソと耳打ちをした。

「合点だ。ところで、女と彫松は？」

狼たちの眼が、いっせいにギョロと隣座敷へそそがれる。

「あとはおれが始末する。おぬしたちは、一刻もはやく——」

「女の始末、それならおれたちも手伝うが……」

浪人たちは、みれんタラタラである。

「馬鹿野郎、お陀仏《だぶつ》にするんだ」

大膳の凄じい顔色に、浪人たちは鼻白んだ。

「そんな悠長な場合ではない。それよりはやく敬三郎を！」

大喝されて、顔見合わせ、いっせいに抜刀して、隣へなだれこんだ。

「何すんのさ」

匕首逆手《あいくちさかて》に、きっとして立ちあがるおりんと、おびえたような彫松のあいだに、懐《ふところ》
手《で》をして坐っている徳川敬三郎、ケロリとして、

「ほう、何やらひどくあわてておるが、さてはそちらの悪業に裁《さば》きのときが近づいたか」

「うるせえやい。さっ、来やがれ」

小首をかたむけ、

「いずこへ」

「そいつはそっちの知ったことじゃあねえ。女っ、ジタバタすると、たたッ斬るぞ」

ほんとうに、殺気のむき出しになった大膳の顔を見あげて、

「待て」

と、敬三郎はユラリと立ちあがった。

「参ろう」

「殿さま！」

と、すがりつくおりんに、

「さくら、きちがい犬どもを相手にすな。おたがいに、命あってのものだねじゃ」

思慮ぶかいといえばそうだが、少々たよりない。無責任でもある。そういうと、もう両腕を侍たちにとられて、サッサと座敷を出ていった。

「いってはだめです。殿さまっ、この匕首を――」

歯ぎしりしながら追っかけようとするさくらを、うしろから、ムンズと抱きかかえたものがある。

「おまえはここにおれ」

「こいつ、娘に、何しくさる」

と、しがみつく彫松をどうと蹴たおすと、山村大膳はメチャメチャにあばれるおりんをひッかかえて、ズルズルと別の座敷にひきずりこんでいった。

「あっ、ちくしょう」

ふりまわすおりんの匕首が流星のようにとんで、亀裂《ひび》の入った壁にグサリと立つ。

「やい、もう太夫あしらいはしていられねえ。ちっと手荒だが、ここで思いをとげるからそう思え」

兇暴な腕が、おりんの襟もとをグイとかきひらく。のしかかられて、弓なりになったところを、帯に手がかかると、おりんのからだは廻り燈籠みたいに廻った。こうなっては、男と女、しかも獣のような浪人者と、もともと花の精のような花魁だ。塵《ちり》と埃《ほこり》と——五彩剝落《ごさいはくらく》の古寺の一室に、あわや淫美凄惨《いんびせいさん》の景がひらかれようとする。

ふいに、おりんのからだから、グッタリと力がぬけた。

「や？」

大膳はぎょっとした。何しろ精巧繊細《せいこうせんさい》な人形のような女体だから、どこかこわれて、失神でもしたかと思ったのだ。——と、絹みたいな肌ざわりの乳房が、ピッタリと大膳の胸毛に吸いついて、

「大膳さん……」

「え？」

「こうなったら、もうあたしもかくごしたよ、度胸をすえて念入りに可愛がってあげる

から、さ。……」

あたまもしびれるように甘美なあえぎの芳香が、大膳の耳たぶをくすぐって、大膳、トロトロになってしまった。

「あ、ありがてえ、さくら。……」

息のつまったような声を出し、ヨダレをたらし、四肢をといたとたん、

「ぐっ」

突然、大膳はおりんのからだの上からころがりおち、股ぐらをおさえて、海老《えび》みたいにまるくなってしまった。

その下からはね起きたおりん、ガックリくずれた髪、雪のような乳房もむき出しになった姿ながら、のた打ちまわる大膳を見下して、

「生娘《きむすめ》を相手にしてるんじゃないよ。日毎夜毎、千人の色餓鬼《いろがき》どもを退治しているお職女郎だ。あんまりなめると、そのざまだ。ほ、ほ、ほ」

まっしろなのどをあげて笑ったかと思うと、衣紋《えもん》をひきつくろって、片手の甲を膝にあて、一方の肩をスイとあげて、

「もうし、吉原一のさくら太夫にさわって、もったいなさのあまり、あばたがみんな血

を吹きんせんかえ?」

「このあまっ」

きちがいみたいな声をはりあげてとびあがった山村大膳、大刀ひッつかんで、ぬきうちに、ばさとたたッ斬った。——のは、破れ唐紙。

おりんは、身をひるがえして逃げ出した。あとから、ころがるように大膳が追いすがる。縁側から庭へとびおり、おいしげった樹々をクルクルまわって、傾《かたむ》いた山門へ。

——

そこに、さっき追い出した浪人群が立っていた。中に一挺の駕籠。

おや、こいつら、何をマゴマゴしてやがるんだ? と、いぶかしむ余裕はなく、

「やあ、女をにがすな、ひッとらえろ!」

とさけんだが、彼らはウスボンヤリ、腑ぬけのように立っているばかり。おりんは丸太ン棒をかきわけるように、その向うへにげてしまった。

「山村さん」

「なんだっ」

「もういけねえ」

手が出せないも道理、みんなうしろ手にひッくくられている。

はじめて、気づいて、両側を見た。両側に立っている数十人の捕手、十手はおろか、つく棒、さす叉《また》、林のごとく、

「あっ」

仰天して、タタとかけもどると、

「御用だ」

山門のかげから、バラバラと出てきた捕方が、その退路をふさいでしまった。

「ウーム、手が廻ッたか！」

山村大膳、悪鬼のごとき形相《ぎょうそう》で立ちすくんだが、

「や、と、ところで、あの風来坊は？」

「余か。ここにおるぞ、安心いたせ」

駕籠《かご》の垂れをみずからあげて、敬三郎がのぞいた。これから吉原へでもゆきそうな面白げな笑顔だ。

山村大膳、ぐるっと見まわして、

「おい、不浄役人、てめえら、この男を何者か知っておるのか？」

「だまれっ、この古寺に巣くうあやしき浪人ども、みんな縄をかけて奉行所へひいて参れとの奉行の仰せだ、神妙にせよ」

と捲《まき》羽織の同心が叱りつけた。

「よし、ぬかしたな。それじゃこの駕籠にも縄をかけろ。さもないと、おれは狂い死するまであばれるぞ」

と、大刀をふりかぶった。

同心は、傍の同心と顔見合わせ、

「よし、左様にいたせば、神妙にいたすか？」

「武士に二言はない！」

「それっ」

たちまち駕籠はグルグル巻きに外から縄をかけられた。

それを見て、大膳はガラリと大刀を投げ出し、仲間を見まわしてゲラゲラと笑った。

「やりやがった！　心配するな、これから奉行の首とこっちの首をかけて、古今にねえ大ばくちを見せてやる。さあ、おれをふン縛って、奉行のところへつれてゆけ！」

燈籠を出して火に入る虫を待ち

常盤橋内《ときわばしない》、北町奉行所。

広い白洲には、すでに薄暮が沈みかかっている。

正面の吟味所の中の間には、さっきから吟味方の与力が坐って、傍で書役がふたり、セッセと何やらかいている。下の間にも、見習い、或は警戒のための与力が詰めているが、そのうしろに榊原淡路守と大久保今助が坐って、膝の上のこぶしをとじたり、ひらいたりしていた。

「奉行榊原主計頭《さかきばらかずえのかみ》どのに至急御意を得たい」

与力にこう申しこんだのだが、

「奉行さまには、これより御大切なる御吟味がござれば、それ以後に願いたい」

「吟味とは、河内山であろう。その吟味について申し談じたいことがあるのでござる」

「吟味について、事前に他よりとやかく吻《くちばし》を入れらるるは、奉行さまはお好みあそばされぬ。もしお気がかりならば吟味の席で申し立てられよ」

最高裁判所長官みたいな顔で、すげなくあしらわれてしまった。

どうあっても、あの朶雲片々はとりもどさなければならぬ。そのためには、たとえ何万両かの賄賂《わいろ》を奉行におくってもよい、と考えていたのだが、その事前工作は挫折《ざせつ》した。河内山が何を陳述するか、その陳述によって司直《しちょく》がうごき出すまえに、せめてこの裁きの席で、水戸家の威光をふりかざして、あの悪僧のいうことをねじ伏せ、はねつけ、身にかかる火の粉をはらっておかねばならぬ。

――そう決意する反面。

大久保今助、凄腕《すごうで》だ。奉行所に入って、まだ時間もそれほどたたないのに、はやくも同心の一人を手に入れた。むろん袖の下に何やらつっこんだのだ。

――その同心は、いま白洲の河内山のうしろを、六尺棒をもったまま、ブラブラといったりもどったりしていた。が、すでにその同心を通じて、河内山にはひそかに伝えてある。

「おまえが、水戸家をゆすったことは内済にしてやる。その代り、片岡からきいたことはしゃべってくれるなよ。だまっていてくれれば、必ず奉行所から出して、五千両の金をやる」

たしかにきいたが、河内山、うす笑いしたきりであった。

いまも、宗俊、白洲につくねんと坐ったまま、ニタリニタリしていた。きみのわるい坊主である。

「奉行は、まだでござるか？」

と、大久保今助はイライラとして与力にきいた。

「左様、いかが遊ばしたか、遅うござるのう。奉行には昨日ごろより、いささか御不快の気味と承わったが、さて」

と、いいながらも、与力は泰然《たいぜん》としている。

と、そのとき、白洲の入口に、突如、騒然としたひびきがあがると、同心につきそわれて、ドカドカと入ってきた一群がある。垢《あか》じみた浪人たち——その中に、山村大膳と片岡直次郎の姿をみて、大久保今助は顔色の蒼ざめるのをおぼえた。それに、変なものもまじっている。美しい町娘と、ヨボヨボの老人と、それから縄をかけられた一挺の駕籠。

「あっ、旦那！」

すッとんきょうなさけびをあげる直次郎、かっとにらみつける大膳の方に、一顧《いっこ》もあたえず宗俊はまたニタニタして、

「花魁、これはまたとんと不粋なところへ、珍らしく粋な姿であらわれたではないか」

と、いいかけた。

「だまれ、口をきいては相成らんっ」

と、同心が六尺棒をもってとんでくる。

山村大膳は、このとき吟味席《ぎんみせき》の大久保今助たちに気がついて妙な顔をしたが、その苦渋と狡獪《こうかい》にしかめられた表情をちらっと見て、そッぽをむいた。彼は、いざとなったら、みんなばらすつもりだ。彼の武器は、駕籠の中にある。その中にいる徳川御三家の御曹司、水戸敬三郎斉昭。

愚かや、奉行はその駕籠に荒縄をかけた。これが表沙汰になれば、奉行は腹切りものだ。あけてびッくり玉手箱、あわてて伏せようとしたって、こんどはこっちがそうはさせねえ。伏せるなら、こっちも御同様に伏せてもらいたい。——そう居直るつもりなのだ。

「みなのもの、相そろったか」

と、与力がきいた。

「相そろいました！」

と、同心がこたえた。

「いいや、そろわねえ」

と、大膳は、ここぞと吼《ほ》え出した。

「その駕籠の中の奴をひきずり出せ。おれと同座で、このお白洲にひきすえろ」

あわてて同心が、その縄を切りほどきにかかったとき、吟味席で、

「奉行さま、お出ましーっ」

と、厳かな声がして、みんな上の間の正面の唐紙をいっせいに見た。

「――あっ」

突如、たまぎるような山村大膳のさけびがつッ走った。ふりかえって、みんな眼をむき出した。

駕籠から、すッくと立ちあらわれた人間がある。水戸敬三郎と思いきや！　青々と剃《そり》

あげた月代、清爽な裃《かみしも》に長袴《ながばかま》をふンまえてつっ立ったのは、全然別人の凛々たる若侍。

白洲の上を、ツ、ツ、ツ――とはしっていって、段をのぼり、ピタリと上の間に坐った。――

「奉行榊原主計頭どの御病気につき、とくに御公儀の御沙汰により、遠山左衛門尉《さえもんのじょう》景元《かげもと》、不肖ながら、代って吟味いたす。左様心得よ」

颯爽《さっそう》たる威容にうたれて、一同、「はっ」と平伏したが、なかで平伏しなかったものがふたりある。――というより、平伏するのを、忘れてしまったのだ。

「あ、あれア、金公じゃねえか？」

ボンヤリひとりごとをいったのは河内山で、上唇をなめて、

「へんなことになりやがった。こいつは面白え」

山村大膳は、声も息も出なかった。こんなことがあってなろうか。寺を出てから奉行所まで、彼は縛られた駕籠から一歩もはなれなかったのである。夢に大幻術を見る思いであった。

「坊主、素浪人っ」

と、遠山左衛門尉は大喝した。

「頭がたかい。控えおろう！」

文使い空ッとぼけが上手なり

雷《らい》にうたれたように白洲にひたいをつけた山村大膳に、

「大膳、先ずその方に相たずねる」

と、遠山左衛門尉は呼びかけた。

「なんじら一味のもの、去る夜、吉原日本堤にて某士人をかどわかし、また数日おいて、浅草なる刺青師親娘《おやこ》を、眼かくししてさらって来たとの訴えがあるが、何の目的あって左様なことを致したか」

大膳はちょっとあたまをもちあげて、上眼づかいに榊原淡路守や大久保今助を見た。

淡路守たちは、うつむいた。

「恐れながら、その儀は、拙者よりも、そこの水戸家執政《しっせい》さまにおただし願いとう存じまする」

「はて、水戸家の方々が？」

左衛門尉はけげんそうにふりかえって、淡路守たちをながめ、

「左様なことを御存じでござるか？」

「たわけたことを！」

と、淡路守はさけんだ。

「一向、存じ申さぬ」

「何を？」

と、大膳は、グイとあたまをあげた。それをにらみかえし、

「かような素浪人、水戸家においては一向に存じ申さぬ！」

「やいやい何をとぼけやがる。おれたちを飼って、敬三郎の放蕩《ほうとう》ぶりを一々報告させ、それのみか、いっそう遊びを煽《あお》らせたり、世間に噂をたかくさせたりしたのアだれだ。のちには水戸の殿さまの朶雲片々という遺書をとってきたら、千両やるといったのアだれだ」

「知らぬ、知らぬ、途方もないいいがかりを申すと、そのままには捨ておかぬぞ！」

河内山には何とか話を通じたが、大膳までがとらえられてこの場にひき出されてくる

とは思いがけなかったから、愕然《がくぜん》としつつも、こうなったら徹頭徹尾知らぬ存ぜぬでつッぱねるよりしかたがない。

あわれ大膳よ、たのむ、口をふさいでくれ、ふさいでくれさえしたら、あとで決して悪くはしないぞ！　心中その思いは黒炎のごとく灼《や》けているのだが、それはとんと大膳には通じない。いや大膳の方は、ここまで来た以上、水戸家を抱きこむよりおのれの助かる道はないと思っているのだから、こうはねつけられるといよいよのぼせあがって、

「知らぬ？……恐れながら御奉行さまに申しあげます。拙者の申すことがうそかまことか、それなるお数寄屋坊主河内山宗俊どのも存じおるはず、何とぞ宗俊どのにおきき願いとうござる」

「おれが？　おれが何を知っているというんだえ？」

と、宗俊は横をむいた。

「おれは、何も知らないねえ。なんのために縛られたんだか、それもかいもく見当もつかねえくれえなんだ」

「だまれ、河内山」

と、左衛門尉は叱咤して、

「その方、御直参の身をもわきまえず、市井《しせい》の悪徒の頭領として、押借り、カタリ、喧《けん》嘩《か》、賭博《とばく》、その悪行の数々は、のこらず奉行所にきこえておるわ。さるにても、その方、お数寄屋坊主の身を以て緋《ひ》の法衣をまとい、如何なる用を以て水戸屋敷に参ったか」

「へっ、この衣アね、御奉行さまも御存じでござりましょうが、直参って奴ア、それあむげえ貧乏でござりまして、水戸様へお伺いいたすのに着るものもない始末、しかたねえから森田座に、知り合いの市川団十郎のところへ参りまして、ちょっと借用してきたのがこの衣裳で――」

「また押借りを致したのか」

「と、とんでもねえ、団十郎の申しますには、いつかきっとこの河内山を芝居にするから、その礼金の前払いの代りと致したいと。――」

「口から出放題《でほうだい》を申すな。して、用件は？　千両箱ひとつかかえて出て参ったであろう」

「あいや」

大久保今助はかすれた声で、

「それは、河内山どのには、当家の富の当り札をもって、金受け取りに参られたのでござる。そのほかに、仔細はない」

「もう一つ、河内山の懐より、この一書が出て参った由であるが」

と、左衛門尉が傍の机の上から無造作にとりあげたものをみて、大久保今助ははっとした。

「朶雲片々とある。承われば、これは水戸中納言のお書きあそばしたとのことであるが、これがなんじの懐中より出で来ったのはなにゆえじゃ？」

「そいつあ、水戸家の門前で拾ったものでござります」

河内山はそらうそぶいた。

「さ、左様でござる、当家の、ね、猫が、何とまちがえしやそれをくわえて走り出で、運よく河内山どのに拾われたのでござろう」

榊原淡路守、死物狂いの強弁《きょうべん》で口ばしって、思わず腰を浮かした。

「奉行、その書は、水戸家にとって何ものにもかえがたきお品、是非、われらにお返しねがいたい」

「おひかえなされ」

と、左衛門尉は一喝した。

「左様に水戸家に大切なお品、奉行としてしかとしたお方でなくばお渡しは相ならぬわ」

「しかとした方？　拙者は水戸家の江戸家老でござるぞ」

「もっとしかとしたお方に」

と、左衛門尉はかるく一蹴《いっしゅう》すると、また大膳の方をふりむいて、

「大膳、その方のこと、水戸家に於ても河内山宗俊も知らぬと申す。なんじのたくらみし悪行を白状いたせ」

「ウーム、みんな白ばッくれやがって」

ひとりぼッちにされそうな山村大膳、まさに満顔のアバタから血を吹かんばかり。

「子供だましの逃口上、お上をないがしろにするにもほどがある。いいや、奉行も、くせえ、解《げ》せぬことがあるっ。な、な、なぜ奉行がこの駕籠から出てきたのか——さては奉行も水戸家乗っ取りの陰謀の一味だな」

仁王立ちになりかかったところを、うしろからとんできた同心に、

「無礼者っ」

六尺棒に脛《すね》をかッぱらわれて、砂利の上にころがったが、なお口から泡をふいて、

「おれ一人、獄門にゃならねえ、おれと水戸家は一蓮托生《いちれんたくしょう》、沈むも浮かぶも、ままにやさせねえ。やい、おれが、日本堤でひッさらってきた侍は、だれだと思う、水戸の御曹司、徳川敬三郎斉昭。さらわせたのア、そこにいる水戸家の勘定奉行大久保今助だっ」

大久保今助、藍《あい》のような顔いろになったが、とみには口もきけない。

こいつは、しかし、山村大膳のいいがかりだ。敬三郎を人質にしたのは彼の独断だが、こうなっては毒くわば皿までだ。

「なに、それは容易ならぬ大事であるが、それが水戸敬三郎君であったという証拠があるか」

と、左衛門尉のしずかな声。

「おお、こんなことになるだろう思って、のッぴきならねえ証拠をつくっておいたは虫の知らせ、水戸家へいって敬三郎どのの背なかを見せてもらえ。ちょっとそこらの臥烟《がえん》やくざにもねえくれえはでな桜の刺青がある。この彫松を呼んだア、それを彫らせるた

めだ。彫松、おめえ、あいつに桜の花を彫ったなあ。……」

「へ、へい！」

と、彫松は、ガタガタふるえながらひれ伏した。

「ザマをみろ、おれの首をとばしたけりゃ、そこの家老どもの首をとばせ。水戸の恥をさらしたくねえなら、おれもここから出してくれ。どうだ？」

「重ねてきく。刺青をなされたは、しかと敬三郎君であるか？」

「いいえ、あれがそんなお方とは存じませんでございました」

と、おりんが顔をふりあげていった。左衛門尉を見る眼もまぶしげに、

「あたしのきいたお名前は、たしか長唄観世之守さま」

「長唄観世之守がすなわち水戸斉昭さまだ。そいつはそこの片岡直次郎も知っている。直、そうだろう？」

と、大膳がふりかえると、横から河内山が、

「直か。そいつあもとから少々イカれている野郎だから、何をいったって先ずアテにはならねえよ」

ぎろっとにらみつけられて、直次郎、蒼い顔でくびをすくめて、口をモガモガさせる

ばかり。

「な、な、なにをいってやがる。ちくしょう、こ、ここにあの敬三郎をつれてこい。いいや、たしかにつれてきたんだが――」

山村大膳が地団駄ふんだとき、左衛門尉は微笑して、

「ほう、なんたる僥倖《ぎょうこう》か。水戸斉昭さまには、ただいま当奉行所にお成りあそばす」

「あっ、やっぱり――」

と、さけんだのは大膳で、愕然《がくぜん》とのけぞったのは、榊原と大久保だ。

「な、なに、敬三郎さまが――」

遠山左衛門尉は、身をかえして、平伏した。

「斉昭さま、御出御をねがい奉りまする。――」

花よりも心の散るは仲の町

正面の唐紙がひらいて、悠然と徳川敬三郎が入ってきた。

ほほう、というように、例の愉快そうな表情で白洲を見まわし、一点花のような影に

視線がとまって、かすかに口辺に微笑《ほほえ》みがはしったが、はっとひれ伏しているおりんには見えなかった。

視線がうごいて、下の間の榊原淡路守と大久保今助にとまって、それっきりうごかない。ふたりの額に冷汗がにじみ出し、いても立ってもいられぬ風情だ。

「さきほどよりこの素浪人めが、何やら狂ったごとく、敬三郎さまのおん背に刺青をしたとかせぬとかわめきおります。まことに恐れ入ったる儀には存じまするが、この男めに、おん背中をひとめ拝観いたさせたく、おんゆるし賜《たま》わりましょうや」

「余の背に？　異なことを申しおるな」

斉昭はくびをかしげたが、明るく笑って、

「よいよい、背で腹でも見せつかわすぞ」

と、しずかに襟をくつろげ、たもとをぬいて、背をみせた。

のびあがって、

「うっ」

タタとよろめき、名状しがたいうめきを発したのは大膳はじめ浪人ども。なんたること、その背の桜の刺青がない！　いかにも大名らしく、たっぷり肉のついた背は、ただ白々とひかるよう。

「これでよいか、左衛門尉」

「はっ、恐れ入ってございます。斉昭さま」

左衛門尉は机の上の書をとると、スルスルと膝行《しっこう》して、

「これは、水戸家下屋敷門前に、猫に盗まれておちていたものを、あれなる河内山宗俊と申す男が拾ったそうにござりまするが、承われば水戸家にとって、何ものにもかえがたき尊きお品なる由、何とぞ御嘉納《ごかのう》下さりましょう」

「やあ朶雲片々」

受けとって、おしいただき、やおら紙をめくって眼をはしらせていた斉昭は、

「榊原淡路、大久保今助っ」

と、大喝した。ふたりとも、瘧《おこり》のごとく身をふるわせつつ、這いつくばっている。

「これ、まごうかたなき兄君の御遺書、かかるものを、猫に盗まれるとは言語道断《ごんごどうだん》、なんたる不覚、臣下として罪万死に値するぞ……」

とても、そらッとぼけているとは思われない。

満面朱《しゅ》をそそいでさけぶ斉昭の顔は、何人をも慴伏《しょうふく》せずんばやまざる天下の副将軍

たる気魄《きはく》にもえあがって、

「兄君の御遺言により徳川敬三郎斉昭、たしかに水戸家を相続いたした！　両人、退れ、退って、門を閉じ、つつしんで待っておれ、なんじら一味の積悪の誅戮《ちゆうりく》は追って沙汰をいたすっ」

雷のごとく叱咤すると、ツツと奥へ入ってしまった。


「山村大膳！」

と、遠山左衛門尉は長袴をひッさばいてすッくと立つと、

「ならびにその一味の浪人ども、奸臣《かんしん》の走狗《そうく》となって、水戸家乗っ取り陰謀に加担《かたん》いたした罪状は、これにて明白と相なったぞ。与力吟味の上、あらためて断罪いたす。それまで入牢《じゆろう》申しつくる。一同立ちませいっ」

「きっ、金公！」

大膳はまたおどりあがって、

「こないだまで女郎屋の居候をしてやがって、な、な、なにをふざけた――」

「ひかえろっ」

とびかかってくる同心の六尺棒をかいくぐると、大膳のからだが旋風のようにまわるとみるまに、同心の刀の柄に手がかかると、さっと抜きとった。

「わあっ」

警戒の役人たちがわけのわからぬ絶叫をあげたとき、山村大膳は悪鬼のごとく白洲を蹴ってはしり出した。

「こうなったら、ヤブレカブレだ。いっしょに地獄へひッさらってくれる！」

段をかけのぼると、二つになれと斬りかかる。飛燕《ひえん》のように身をひるがえしつつ、遠山左衛門尉の左手がたもとに入ると、ぱっと片肌ぬぎになった。右手にムズと大膳の腕をとらえている。

「おい、大膳」

ニヤリとして片えくぼ、ささやくように、

「おめえ、この彫物におぼえはねえかえ？」

海嘯《つなみ》のようなどよめきがあがったのは、その肩から背にかけて、爛漫《らんまん》と咲きみだれる桜花の刺青をみたからであった。ひと眼みて、わっと大膳がさけんだとき、ドンとつきはなされて、

「無礼者っ」

凛《りん》たる叱咤とともに、山村大膳は大袈裟に斬りはなされてしまった。

白洲につッ伏した浪人たちの中に、フラリと立ちあがったのは、さくら太夫と河内山宗俊。ふたりとも、恍惚《こうこつ》とした眼で、口の中でつぶやいている。

「金さん、金さん。……惚れ惚れするわねえ。いいえ……あのひとは、金さんじゃない。天下のお旗本遠山金四郎さま。……でも、あたしは、みんなあのひとに打ちあけられても、あたしの金さんと思えばこそ、ひと肌ぬいであげたんだわ。いいえ、やっぱり金さんだ。あたしの桜を彫《ほ》った、あたしの金さんだわ……」

哀艶きわまるさくらのまなざしにくらべて、河内山の巨きな眼には、ただ讃嘆《さんたん》の微笑のみがゆれていた。

「金公、やるぜ、やるじゃあねえか。……おめえ、ほんもののお奉行になったら、やるなあ、……」

つるりとあたまをなでた。

「へっ、河内山、そろそろ年貢《ねんぐ》の納めどきか？」

本作品中に差別的ともとられかねない表現が見られますが、著者がすでに故人であることと作品の文学性・芸術性に鑑み、原文のままとしました。

（春陽堂書店編集部）

『女人国伝奇』覚え書き

初　出　傾城将棋　「面白倶楽部」（光文社）昭和30年1月号
剣鬼と遊女　「面白倶楽部」昭和30年9月号
ゆびきり地獄　「小説倶楽部」（桃園書房）昭和33年2〜3月号
※「小指を買う遊女」改題
蕭蕭くるわ噺　「面白倶楽部」昭和30年5月号
怪異投込寺　「宝石」（宝石社）昭和33年1月号
夜ざくら大名　「傑作倶楽部」（双葉社）昭和32年11〜12月号

初刊本　桃源社　昭和33年4月

再刊本　講談社〈ロマン・ブックス〉　昭和35年8月
東都書房〈山田風太郎の妖異小説1〉　昭和39年8月
東京文藝社〈トーキョーブックス〉　昭和43年1月

東京文藝社〈トーキョーブックス〉　昭和45年2月
東京文藝社〈トーキョーブックス〉　昭和46年2月
講談社『山田風太郎全集10』　昭和46年11月
※『妖異金瓶梅』「逆艪試合」「麺棒試合」を併録
富士見書房〈時代小説文庫〉　平成8年12月
※『ありんす国伝奇』
徳間書店〈徳間文庫／山田風太郎妖異小説コレクション〉平成16年2月
※『妖説忠臣蔵』との合本
（編集・日下三蔵）

春陽文庫

女人国《ありんすこく》伝《でん》奇《き》

2023年7月25日　初版第1刷　発行

著者　山田風太郎

発行者　伊藤良則

発行所　株式会社　春陽堂書店
〒一〇四—〇〇六一
東京都中央区銀座三—一〇—九
KEC銀座ビル
電話〇三（六二六四）〇八五五（代）

印刷・製本　株式会社　加藤文明社

ISBN978-4-394-90453-3　C0193